Sunagoya Shobo

富沢 智詩集

Tomizawa Satoru

19

【砂子屋書房版】
現代詩人文庫

富沢　智詩集＊目次

『リリエンタールの滑空機』（全篇）

自撰詩集

初期詩篇（一九七四年「斜塔」23号）

猫のいる風景（一九七九年）抄

富沢智詩集

『リリエンタールの滑空機』（全篇）

新年

言い分はそれぞれにある
大八洲（おおやしま）に旭日高く
大荒屋（あばら）に線香低く
出た者らはよき物語にかさねよ
家は没落してこそ家である

松に宿る目出度き日の
遠めがねの向こうから
まぶしげにこちらを見ているヒトよ
確かに宿命であろう
あるいは祝福であるかもしれぬ

誇りなき世の道すがら
哀しい夢に誘われて
古い上着を被って眠りました
どうすることもできなくて
ポケットの肥後の守を握りしめ

いつまでも少年でいることはできない
それぞれでいられることも
一系の大君も
永久（とわ）の宇（いえ）を断念されたのであろうか
大行進は空の果て

沈黙せよ
ありふれた昨日や今日が
灼熱の光りを纏い
全ての宿痾を暴くように
哮（たけ）る日には

＊戦前の国民歌謡「愛国行進曲」は、五万七千点余の公募歌詞から鳥取県境町の森川幸雄氏の歌詞が選ばれたが、七人の審査員により補作が行われ、原詞は変えられている。七人の中には、佐々木信綱、河合酔茗、北原白秋、島崎藤村の名があ

る。補作のやり方を巡って信綱と白秋は対立し、生涯和解しなかった。（ウィキペディア）

お花畑にて

少女は捨て身の美しさ
リズムをつかんで駆け上る
あなたを知っているような気がして
振り向けば
階段の上に若き日の母

わたしが女だったとき
あなたの優等生ぶりが
うとましかった
その頃の青空のように
それは虚しいものでしょう

この蓄積が灰燼と化すのは
壊死した脳のお花畑で
わたしたち何を話せばいい
ゆらぐ思い出まろびながら

その頃もこのごろも
象徴的な乙女は現れ
時代は常に瑞々しく輝いた
背筋を伸ばして匂い立つ少年も

わたしが男だったとき
闘いは無言のまま終わり
夜の広場に破片だけが残り
わたしたちは足早に立ち去った

そして
百年に届かぬ生涯の果てに
とまどいつつ

あなたのこころが消えてゆくのを見ている
あるいは
あなたからわたしが消えるのを

ロシナンテの憂鬱

こんなモノの僕(しもべ)として
生涯は閉じようとしている
あの日
田舎の遊園地で彼は言った
いまこの巨大な観覧車に乗って
行くべき道を確かに見据えてきた
いざ友よ　征こうではないか

遊園地(るなぱあく)*の午後なりき
おさるの電車に乗って
視野の狭すぎる思い出付近

バンクを駆け上る
赤い帽子
前橋競輪S級Yの大技だ

どうして上州(ここ)の士(ひと)は
鼻息ばかり荒いのか
志気*とは風霜の気か
都の方では嫌われますぞ
あの田舎者の大都会ではね

東京メンと言って
東京にケツを向けてひっぱたく
メンコの技はここらだけだろう
でっかい風をぶっつけるのさ

ロシナンテよ
君だって榛名湖で
遊覧馬車を引くだけの仕事

生気の失せた大きな瞳
ぐれ加減が丁度よかったと
あらためて言わなくてもいい
友よ　そろそろよかんべや*

*「遊園地(るなぱあく)にて」萩原朔太郎『氷島』所収
*『萩原朔太郎』三好達治著より
*いいだろうと同意を求める群馬の方言

崩壊する栞

ぶあつい頁の綴じ紐は乾き
糊はほろほろと崩れ
するりするりと短冊となって
表現は滑り落ち
落丁を拵えている
栞はさびしい

そこにあるのはあやまった
あの日のひらめき
きみだけの勇気にすぎないのだ
ぞ

散文の川が滔々と
流れ
退屈な雲雀の声
船頭さんよ
なんだか川が臭くはないか
なあにこのあたりはこんなもんで
さ

栞がほら
一寸法師のように目の先を漕ぎ
おいおまえ
おれだけを闘わせるつもりか
と

き
っと睨むのだった

どんよりと川はてんでに
抜き手を切って
岸辺にくちづける
まあ
逢いたかったわ
あたしを抱きしめて
強く吸引してくれる
あな
たに

ワタシノイクハテノ

ガタリと
歳月は行き着いた

翻訳文のような
音声ガイドが
ヨウコソゴクロウサマデス

宙に浮いた
簡潔なカクゴ
身動きもせぬ
コトバの正確さ
そういうモノでありたい

ハルカな営為
猿真似であろうとも
ハタジルシヲカカゲ
自動販売機の夜通し光る
ウレシサ

今度こそ
新しい朝は訪れないダロウ

マジメに
ホロビよ
キミ

ボクノ
行間という嘘
創るモノだ
全てのサクヒンは
ソレゾレノフネデイケ
イカナイヨモウ
瀑布が
ゴオゴオと
音タテテ
ユクテが尽きてイル

鳥の巣

わからぬことばかり
大屋根の雨樋が管となって流れ落ち
設計上は我が家の生活雑排水が合流し
一筋の流れとして下水道へと向かう升の脇に
声を潜めて言えば

二〇一一年三月十一日から
数週間後のある日
そこに生えている南天の根方から
蟻の大行列が反対側の柘植の根方へと
大移動して行くのを見たのだった

間口一〇間の養蚕農家の
コンクリートの軒下に沿って
昼間だというのにあわただしく

無数の蟻たちが引っ越して行ったのだ
それから五年

そのこんもりとした
ぼさぼさの中に鳥が
巣を作っていると家人が言う
メガネをかけているように見える
鳥の図鑑には居ない鳥
中国由来の外来種ではないかと
『榛名山麓はくぶつ日記』の
Iさんが教えてくれた

鳩より少し小さい演説好きの
鳴き真似鳥
チョットコイチョットコイホーホケキョと
確かに聴いた
その夫婦（つがい）がひっそりと
子育てをしているらしいのだ
その様子を覗きたいのを我慢している
このごろである

＊ガビチョウ・特定外来生物。木や藪に皿巣を作る。他の鳥の鳴き真似が得意。

野の果てで

それは紛れもなく平穏な日に
とても大切なことを忘れているような
野の果てで
待っている人がいるような

A子さんのような
出会い
本当は何人ものひらがなみたいな人を

傷つけてきた
そのひとつを見られていたのだった
と

どうしてあなたは
と
なじられたほうがよかった
あのはるのようなひとは
遠くに行っちゃったよ
と

昼の月に気づくたび
邪な打算や
淫靡な欲望が
あんなにくっきりと浮かんでいることが
恐ろしかった

野の果てで
成就しなかったやわらかなものが

ひらら
ひらひら
と

ああ　いやだわ
このはじゃなくて
あおいよるのなみだ
どうしても

野の果てで
あなたが待っているような

いま詩を書くということ

こころの裏側に
施錠した小函を置きましょう
ふたつみつ

こころはうらおもてなく
見せて
静かに微笑んでいましょう

役所のNさんは
何度も金融機関の
ワタシの口座を確認した
ワタシはその都度
それはワタシの口座ではありません
と　告げた

もうひとりのわたしに
こころあたりがないわけではないが
一度もあったことのないその人は
数年前にひっそりと他界している
広域を跨いで新任のNさんは
ワタシのことも
もう何人かのわたしのことも

知らない

ワタシはもうひとりのわたしや
比喩としての私を知っているが
あまり説明したくない
納税者としてのワタシは
わたしの口座から滞りなく
引き落としがあることを
承知している

ワタシはなにものなのか
ワタシでないわたしのなにを
確認してワタシにどうせよというのか
出納係の入力ミスでした
Nさんは短く詫びて電話を切った

くだものの熟るる日

あまい匂いの強烈に地面を這う
梅雨
このくだものは古い味がする
あ　じ　だよ
あたまのかいてんはなめらかに

一日匂いのなかに閉じ込められて
南風
はやく腐っておしまいなさいよ
工務店のおおがかりな日
木槌の音が　とおん　たあん　と
厭な匂いだなあ

見上げればりっぱな　はしらの　はやし
夕焼けにはるな

山脈のむこう明るみ
こんな窓辺でびーるを飲めるのですね
クレーンは帰った
交通誘導員も

ほらほら風景が消えてゆくぞ
家は何十年も栄えるだろう
子供が育ち犬が遊び花が咲く
この甘い匂いのくだものも
うとまれて　いや　あいされて
いまは大量の実を地面に落としているが

人が　聾える日
隣の人も　聾える
向う三軒両隣
つー　つー
クワガタがたかってる

それは鳥の死骸ではなかった

大きな鳥が犬小屋で死んでいるよ
そう言ったのは母だったが
ハハを
嗤ってはならない
主が居なくなって久しい小屋に
朝日が隅々まで満ちていて
何も居ない
たれもいない
鳥ももちろんイない

数日が過ぎて
母の無実は晴らされた
犬小屋はもうひとつあって
こちらも忘却の淵で
錆びたワイヤーロープに
首吊ったままの夏草がゐる
胸骨が大きな翼を
背負っていて
猫がすっかり食べてしまったと
さきほどの母が言うのだが
こんな死骸は見たことがない

嘴のない鳥だった
下手な水墨画のような
燃え屑のような
こびとのようなあたま
目が無えんだよ

知らない人が大慌てで
穴掘って
拡げた翼の上にドロ掛けて
どんどん埋めてしまったが
足も無かったような気がして

どうにもケダモノ臭かったと

石を抱く

木が石を抱いているというのは
普通のことらしい
根方に置かれた石が
木の生長を妨げるのではなく
木が石を抱きしめて飲み込むのだという

古い庭木は確実に抱いていて
チエンソーの刃を弾くのだという
そう言えば
まだ鉢から下ろしたばかりの
ゴールドクレストを
台風の吹き返しから守るため
園芸用のコードで引っ張ったまま十数年
木はぐるりを絞めたコードを
撥ねちぎるのではなく
ねぷねぷとくわえ込んで生長しているのだ
ひらひらとコードが生えているのではなく
ちゅるちゅると木に吸われているのだ

昔気質の大工と
ちょっと新しい工務店主
親方と社長のぐいぐい飲む生ビール
石というモノのうんちくが哲学的に
木というモノを聳えさせている
おそろしく静かに獰猛に

木は何処へも行けないのに
やけに堂々としている
気付いたときには手に負えぬ
景色と重量を蓄え

睥睨している

われらは木に劣る
石を抱くこともできず
撥ね除けることもできず
而して
堂々と聳えることも

ボクはずっと

もちろん大したコトじゃないけれど
ココロの中にヨカレを飼っていた
邪なモノも一杯
ときどき机の上にサトスモノがやってきて
なにも言わずに帰っていった
病む前のオイッチニが

意を決してドアを押す
開カナイ
引クノヨ
小さな声が野山に満ちる

すぐもどります
店主

ソレでよかったのだ
時のハザマでワカラヌが暴走している
ヒトが迫ってくる
ヒトが群レル
アアイヤダ
アア

ココロの密室に
誰かイル
いつの間にか侵入サレタ

気のせいだ
どすん
ド
スン

ヨカレが後悔し始めると
花火が
空イッパイに
アガッタ
おめでとうございます

夏の日に

亜熱帯の湿った風が
いくつもの巨大な雲を引き連れて
やってくる

野山は驚いてひれふしている
技術の時代は去った
働く指先は
藁を編むことを嫌い
はんだを焼くことを嫌った

夏の日も
それだけでは弾まなくなって
シーサイドに打ち寄せるものは
泳ぎ着こうとするもの
引きずり込まれるもの

こんな時代に何を
夢見るのやら少年は
ますぐに大人を見ない
娼婦の白き指持つ少女は
校庭でスコールを浴びている

情緒の売買はすっかり
破産していて
壊れたアンドロイドに似た
性が
不思議な笑みを湛えている

空一面の暴風雨が
丁寧に河川を氾濫させ
森林に埋もれた白骨を
海まで一気に押し流した
それらを見ている邪な
カーソルの動き

刺青の秋

恐怖が隣の部屋でなにかしている
時を刻む音は静かになりすぎた

なめらかな夜更けを撫でながら
野の者たちがひそりひそりと
古い仕掛けを回収しているのだ

そこにあってはならないものは
必ず無くなっている
山羊が喰うものとか人が数えるもの
おまつりが跳ねてあとかたづけに
牛刀ごとりと並べて
あの者たちは黙っている

運用の雲が静かに流れている

細々とした事は手の者たちに
おねえさんはとびきりで
おにいさんはいけめんで
いつもこのよはぱらだいす
どこからともなく紙吹雪

あまり深刻にならない方がいいですよ
内面なんてのはありません
この白日こそが生活ではありませんか
あるところにはなんでもあるのです
さあ生きましょう

隣の部屋では猫が寝息をたてている
あぶらむしがひっそりと佇み
冷蔵庫の氷は落下寸前
ジョブはいつしか終わっていて
青い蜥蜴が一匹
皓皓と輝く月を仰いでいる

藪をかがやく

夕方になると
祖父は藪をかがやいた
鉄輪にろうそくではないが
ふるまいとしては同じく
藪をかがやかせて
屋敷祭りが近づくと
藪はいよいよ深く
から風が夜毎笛を吹き
悲鳴をあげた
竹箒が藪の芥を掃き寄せる気配

三年がかりで
竹藪を伐り払い
昼のかがやきを投げ入れた
藪の闇のものを見たと
この家の女が何度も言ったから

竹は強い意志を持つ
軍手を突き刺して二度

親指をえぐった
口に含んで傷を舐めた
祖母に含まれたことを思い出しながら

三代など束の間のこと
藪の中でのことなど
あってもなくてもなにほどのこともない
現れた大欅が
ほぼ同い年とはこれ如何に

ものみな
白日の下
わが衒いの処世もほどなく
ひからびた芥の如く
長身の祖父に掃き清められるであろう

＊群馬の方言。日が暮れてから、くらがりでうろうろ仕事をすることを明治生まれの祖母は〝かがやく〟と言って嫌った。

リリエンタールの骨

しなやかに指そよがせて
きみは恋人と別れる
全てが建前上だけであっても
開かれているうちに
この国を出よう

浮かれ気分でロックンロール
もちろん精神を騙るだけ

鳥
自由だって！
豚小屋からの

哲学的な
夜明けは来ない
だから世界中の

朝という朝を
真っ暗なかあてんで塞ぐ

どうしてもう一度
飛べよう
観念の翼が無くて
風に鳴るのはリリエンタールの
滑空機

冒険とは
それを信じて空に
両足を投げること
躊躇えば
葦原の屍となろうとも

空想は意外な質量を持ち
ときには砂塵の如く舞う
この国もまた
小(ち)さき巌の上
海市の如く聳えよ

＊オットー・リリエンタール（1848年~1896年）ユダヤ系ドイツ人。鳥の羽根による飛行を研究した上でハンググライダーを実際に作り小高い丘から二千回以上飛行し、その詳細な記録を採った。飛行中墜落死。

生涯

明け方の夢の中で
いくつもの物語が
展開されている
それはもちろん
もう一つの生涯のかけらなのだが
世界はより判らなくなる
だが時を告げるものたちがいる

その傍らで
わたしは目覚め
時には旅に出た

国境を越える度
単独者として名乗ることの恐ろしさ
手荷物のどこかで
反逆の時が刻まれている
何かを運んでいるのではないか

夢のことなど語るものではない
シュールレアリストは詐欺師だ
嘘の記憶を商売にしてはならない
どうして追われているのか
次の角を曲がれば幼年期だ

懺悔しなければならない
だがこの異様なゴム人形が
カミだというのか
あそこで縄跳びをしている
裸の男が司祭だというのか

してきたことが鼻先で匂い
次々と悪事が露見する
しろい顔があのときやそのときの
歪んだこころに変化する
こういうことをしてきたのだ

古い手帖の余白に

こんな青臭いものでは
なかったはずだが
どこかで蹴飛ばして
蹴飛ばされて

蒼いけだものになろうとした
あまたの蹉跌
生きてみれば
生涯は半歩先の夢

頬被りした盗人の
腰の据わらぬ偽善
あるいは逃げ足早い
野次馬の懊悩

くじ運の悪さが
囲いを破れなかったのか
最初から
囲いなどなかったのか

あれこれ　なべて空しく
熱病の歳月は過ぎた
焼けこげた矜持（プライド）
古い看板（サイン）

暴風雨（ハリケーン）の後で
地下室から這い出すと
うち立てたものは
何ひとつなかった

しばらくすると
降りしきる言の葉
快晴無風の天と地に
音もなく　意味もなく

ぼくがこっちから…

うらざるなよ
と
セツロー*はぼくを一瞥した

あなたの僕(しもべ)であればよかったのか
ぼくがこっちから
手をふるとき
確かに少し躊躇いがめばえていた

その人は飄然と現れた
ぼくの住む地方都市の改札口で
きみは同行二人にうながされ
さっと手土産のウィスキーを差し出した
その仕草の少年ぶりは
ぼくの宝物
きみがむこうからやってきて
ぼくが百姓のともだちの　ひとりだったら
どんなに幸福なことだろう

もちろんそれは
セツローでも　ぼくでもなく
どこかの田舎の
見知らぬ百姓のともだちの　ひとり

後で知ったことだが
もしかしたら　あの都営高層団地のどこかで
集金人のぼくと
管理人のきみは
ずっと前にすれちがっていたのかもしれない
Tさん！
ぼくは　あのときのぼくです！

＊

全てはあの雨男に出会ってからだ
永遠に路上を行くきみの
はにかんだ笑顔とアイロニー
ぼくがこっちから
行こうとすると
きみはいつも諷爽とやってきた
Nさん！
物語はもうすぐ終わる

楽しかったね！
と
電話口で言うと
あなたはいつもの憂いに沈むのでしょう
そして親愛なる
多くの詩人たち
電話嫌いのHさん
ぼくも実は電話が嫌いです

ぼくはもう
ぼくをピンで止め
そういう姿勢で
静かに佇んでいましょう

＊清水節郎・詩人・一九九三年没・享年四八歳

梟記

まるで抒情詩の亡骸のような
鳥の羽がガレージの隅にあった
片付けるのが憚られて
見ないふりをして数ヶ月

人を絶やしてきた屋敷の
家仕舞がわたしの仕事
広大な老朽家屋は
見果てぬ夢のかたちだった

逃げ損なった四人の仕事のように
迷いが二階の廊下の奥を閉ざしていた
開かずの扉から落下した詩人は
まだ栄誉を手にしていなかった

そのためにではない梯子が
空の宴へと立て掛けてあって
あまたの危険をすりぬけた夜の底から
旅の詩人は訝しげに昇ってきた

その夜のできごとを思い出すと
詩人たちはひそかに
胸をなで下ろすのだ
もし彼が無事でなかったら　と

竹林の梟が記したという
未来の文学史を紐解き
もうすぐ世に出ることになる
日本の詩人たちは笑いころげていた

あれから三十年ののち
耳元の鳥はつつがなきや
掃き寄せればふはふはと
なお摑みがたく飛ぼうとするものは

溶　暗

そのとき
ぼろぼろの自分にであえたなら
しあわせなのだ
もうすぐ生涯は終わる

どこかで見失った自分自身の真夜中の
骨董じみた葛藤の末
よくできた福の神をつかんだことが
今日このごろを照らしていて
もちろんそのことに
悔いはない

お母さん

わがままを言わないでください
あなたの昭和の納戸の奥では
お姑さんが知らない娘に取りつかれて
芋虫のように悶えていたでしょう
お母さん
お願いですから言うことを聞いてください

愛することは
生涯を捧げること
もう何度も積み直しはきかない
これが最終の見積もりだったとしても

このごろは　ちら　としか鏡を見ない
顔に何か付いていなければいい
無精ひげと鼻毛だけはときどき
身だしなみには気を付ける
人として
大気を押しのけているうちは

＊時の締切まぎわでさえ自分にであえるのはしあわせなやつだ
堀川正美

こんな日が来るなんて

貯水池には何処かへ
帰りそびれたキンクロハジロと
コガモのつがいがいて
驚いている

穏やかな春の日が
変わらず巡っているというのに
わたしたちの足取りはどうだ
こんな日が来るなんて思わなかったよ

時空のとびらが開いている日

おまえ　これがぼくの原風景だよと
芝居がかって両手を広げて見せよう
朝日を受けた榛名はどうだ

いいことのなかった少年時代
誰も来ない階段部屋の
机の下で　縄跳びロープで　ぐる
ぐる　巻きにされていると

世界というものがよく見えた
おまえ　ぼくが無口になるとき
心配することはない　これだけ生きて
なお
こんな日が来るなんて

自撰詩集

初期詩篇（一九七四年「斜塔」23号）

祝　福

樹木の立枯れている沼地に
鳥たちはとおい盲目の翼を休めた
首をかしげてそろそろと歩いてみると
やすらかな水面に運命が映っている
静かなる水底に魚らの待つ地
鳥たちのながらえたくちばしに
あらゆる音が帰っていく
たたかいぬいた希望をしっとり狭霧に放ち
胸ふかく頭をうずめ
かれらは
あゆみよりゆきすぎる刻から放たれる

猫のいる風景（一九七九年）抄

闇の誕生

夜の闇のなかには
なにもいない
ぼんやりと白いものは
死んだ祖母がすわっていた椅子だ
すわっているのは
生まれたばかりの闇だ

ものいわぬものが訪れているのか
窓外で藪がさわぎ
風鈴は悲鳴をあげる

部屋のあかりのなかから
夜の闇をみてはいけない

すでに遠くまできてしまったのだ

すぎてゆくのは闇であり
それは
すぎてしまったものがあるということだ

夜の闇のなかには
なにもいない
ゆれているのは
母がしまいわすれた洗濯物だ
闇がシャツを着ているだけだ

溺愛のあまりに
火のような他人の思想も
底なしの闇を知っているのだ
なにもいないのではなかった
闇のかたすみで

ぼんやりと煙草をふかして
わたしはいるようであった

健全な商法

亡霊どもにかこまれて
季節もにぎやかにことばをかざる
痛いものを商う
亡霊どもに脅されて
誰もいない松林で人は消えた

漂うくらがりで
それぞれのことばをのんで
人々は沈黙しているのだろうか
季節のなかは亡霊どもでいっぱいなのだ

なおしなやかにつづく

りりしい胸を晒して若者は
だが誘われているのだ
亡霊どもにかこまれて
一刻の光芒ののちに
それすらも陳列されるために

とどめおかれたものはみな
商いの品々で
どこにでも健全な商法はあった

痛みを匿って亡霊どもはすすむ
いつも惨劇はゆたかであれと
にこやかに血のワインをあげて

目でふみとどまれば
みえるもののことばはやさしい
いつしか亡霊にもなるだろう

錆びた沈黙を磨きあげ
みえないものを映してみる
季節も亡霊もシンとして
実は商うものはなにもない

雨の物語

氷雨が降っていて
水煙をあげてクルマがすぎる
歩いているのは誰だ
わたしは
窓辺でコーヒーをすすり
街路樹の下に男をみている

雨の中を酔いどれて
まださまようのか
かけあがれ

ランプがゆれるドアの向こうへ
もうわからなくてよいのだ
降りしきる雨のコーラスなど

びしょぬれでやってこい
青い血は流れちゃいない
抱いているぬくみがおまえだ

なまぬるい会話にうもれて
わたしは空をみている
ぬぐってやる手は汚れているし
いつだって外は雨降りだ

猫のいる風景

音にうまって思うことがある
風の向こうの革命を
たからかなかちどきよりも
恋人の仕草が気にかかる午後
わたしは不器用に醜い猫を抱いている

大量の議事録が臭う
人気のない部屋でうでは眠る
風の道はやさしく家々をうかいして
わたしは印された夢を疑う

たしかに悲鳴も溶けていよう
雲の上の楽隊も妻子をもつのだ
雨にうたれてネズミもはしる
さわがしい地面の上でわたしは思う

しずかな耳をあつめて
富の分配について捺印を終えよう
わたしにも美酒をよこせと

流れるのは老いた水子の群れか
忘れた空が不意に顔をだして
その下にあどけない恋人がいる

ふくよかな胸に触れ
さみしい洞へと別れてゆく
だが従うのは耳のつぶれた犬だ

音にうまって抱きしめることがある
おろかなうでのなかで血は流れる
猫はしきりにもがくのだが
すでにあおく時は深まり
わたしはおとなしく微笑するしかなかった

夜の方法

わたしの夜は始まったばかりだ
にがい酒の底でひるまの問いが待っている
ひとにぎりの海原をのむつもりで
わたしは始まった

この烈しい執着はどこからくる
もう一人のわたしは嘘だ
窓外にするどい風が舞っている
眠りにおちはじめると
妄想は綿のように軽くなる

夜の密度の中で

わたしは急速に誘われてゆく

闇をみすえてもすでにひるまの問いはみえない
よりそう影が濃厚にキスして
夜は酒よりも判断を誤らせる

ひるまかいまみた海は
せまられた意志表示を嘲っている

関係のなかで
ひとりひとりが眼をさますとき

わたしの夜は終わりだ
実にわかりやすくわたしは眠った

冥府の笛

なにが始まったのだ
なじみの階段をおりてゆくと
死者たちはいそがしく入浴している
どうかしたか
わたしは漂う方法で尋ねた
すると死者たちは二本の足で歩きだしたのだ

おわかれだ
冥府をきわめるためにわれわれはでてゆく
視えなかった衣裳が視えてきたのだ

ラッシュアワーのようにか
微光にかこまれてわたしは呻いた
たしかに空は薄明のなかにある
だが死者は行進をしないものだ

わたしはもう一度孤独になろう
死者たちはでてゆく
わすれてはいないか

冥府は深く死者は日々に新鮮であることを

わたしは死衣のままでてゆこう
死者が叫んだら
ひとりで冥府の笛を吹こう

毒薬商売

ずぶぬれの昼に目覚める
夜を潜行してきたわたしの顔よ
ずいぶんとやつれて
ネズミみたいに夢中じゃないか

どんな商売をしてきた
ぶあついくちびるで
このまばゆい世紀末に
明け方から夜ふけまでを売りはらい
毒薬商売
ふところばかりを狙ってきたのか

秩父路に夢降る朝
痰のようにからんでくる密約があった

わたしの顔が他人であるとき
ゆっくりと意識は直立せよ
そのように目覚めるのだ

どしゃぶりの夢に濡れて
ああそっくりだこの顔は

顔ばかりがひしめく街で
わたしは標的のようにたちあがった

西日の道

日がかたむくので
わたしは帰らなければならない
すこし疲れた目をして
榛名のふもとへ帰ってゆくのは
たしかにわたしなのだか
今日は見も知らぬ人にみえる

かたい西日に輝く道は
ふるい人々を歩ませ
わたしはきな臭い記憶のなかを
よろめきながら歩いていた

なつかしい風が吹くので
役にたたない扉のむこうの
黙っている子どもになってみたのだ

足跡の残る道があり
人影がゆきかうのだが
わたしはひどく傷ついていて
ふりかえって母をみることができない

すぎた日のうしろ姿が
わたしの前を黙々と歩き
わたしもいつしか影であった

うっとりと許さぬことだ
黙っている子どもも父になり
なにごとか語るのだから

日がかたむくので

ひかる道がみえるのか
帰ってゆく人々のなかには
たしかにわたしもいるのである

夜の風鈴

目覚めると風鈴が鳴っていた
胸をおさえて悪い夢をみていた
ぼくはなぜ追われていたのか
月の光があかるいベッドで
目覚めれば誰もいない

渡し舟が出るんだよ
そういう形の風鈴が
網戸の向こうで鳴っている
ぼくはおもいからだをころがして
ていねいに正座した

みすえてはいけない
夢に起こされた部屋は
淋しい沼に浮かんでいるので
遠くまで夢がつづいているのだ

風鈴の窓を閉じて
ぼくはベッドに帰っていった

船頭さんは向こうむき
風鈴は遠ざかり
やさしくなった自分とかさなって
仕方がないよと少し泣いて
ぼくはまた眠るしかなかった

遠い耳

どんな酩酊のなかにもわたしはいない
やさしい夜の向こうで
わたしはうすくわらっていたのだ
みだれた足音が近づき
奇怪な隠語の群れが吐きだされると
うつくしい諦念が目覚めるのだ

儀式に似たまよなかに問うな
臆病なけものが吠えているから
双の耳も巻貝みたいに鳴りだすぞ

悲鳴がうっそうと生えそろう
夜の寝台で
首をしめあって睦みあうのは
呪いのことばでは眠れないからだ

ゆすぶられてわたしは呻いた
夜はまたくるよ
また遊びにくるから
思いだせない女よ
あったかく耳たぶにさわるな

他人の街

目になること
ねばる街並みをまよってゆくと
みおぼえのある酒場に出会う
しかし
うかつにふみこまぬことだ
目になったまま
記憶もろともすわれる椅子は
ないんだと思っておけ

目になること
どこにでもあるようで
気やすい音楽の流れる街だが
うっとりと許せる魂はすてててゆけ

むしろ己れのなかで
盲いている男に会うために
冷たい椅子を求めてゆけ

目になること
酒びたりのあやめも
さみしいライギョもいなかったのだ

いまは静かにゆけ
ふいに曲がれば消えてしまう街角で
やっぱりおまえは一人なのだ

犬の日程

不明のものは告げよ
酒の面に疲れたわだつみを呼び
くりかえしかえりみぬ人の名を

そっくりだ
夕日よ　吐きすてた首都の
限られた窓をよぎった雲と

流れているか　いまも
めぐっているだけか　うらみよ
遅刻はつらい

こわれたまなざしの半分は
ひとりで運びださなければならない

ものは静まれ
自由な指は成熟せよ
ひそかに氷塊は酒とつるめよ

この午後に宝玉は割れる
それも千年ののちに考証せよ
きれいだ　むごたらしい人の名は

また会うがいい
空と労働はきつく抱きあうがいい
おとなしい東洋のガラス器よ
おいでおいでとゆれるがいい

首都か　醜女もいいものさ
それも生きのびた証と知って
世界ははじめからくらいのだと
頑なにわたしは日程をつめる

酒場のももんがあ（一九八二年）抄

失われたグリーンのうえで

うららに考える
くちびるはしきりに乾いて
芝はみだれながら連なっていた
強風はゆさぶれ　陽だまりの眠りを
わたしはおおくのものを見失っていた

そびえる鉄柱は比喩ではない
現世は地獄とうそぶいて
けれどもここには恥垢が臭う
給料日には女を買おう
酒と冷静な家路を買おう

のどかにつないでゆく

つよい煙草でのどをあぶる
おとろえてゆく日々よ
にぎれば白球はさらにしろい

あぶな絵がうちすてられている
つぶされたグリーンのうえで
わたしはしんちょうに芝を読む
むくどりは静まれ
幻のギャラリーは注目せよ

いまホールアウトして
さっそうと木陰を過ぎる
あれはさみしい社長の組だ
アスホールはいやよ
Y穰はゆっくりと腰をおろした

うらみといえば
異形のこけしは生まれるのだし

ゆく雲は竜神に似るのだ
失われたグリーンのうえで
わたしのボールは風を聞いている

酒場のももんがあ

酒場のくだもの
頬づえをついているリンゴよ
まだらに倦いているバナナをむいて
おれはめんどうな酔いをつくる
だるまさんがころんだ
窓にははれぼったい雪が溶けている

リスの類を飼う店
二階の空部屋で木の実が割れる
そっと覗きにゆくのだ
樹々をわたる風も

おりてくる雪のニンフも

彼は素早く肉をかじる
檻にもたれて不敵に眠るのだ
毛深い背中がふるえている
おれはばらいろの手のひらを思う

毛布をかぶせてもどるのだ
ももんがあだよももんがあ
不思議な位置でおれは彼と対峙する
のびやかな樹々のあいだで
彼自身のらいふとすれちがうのだ

酒場のコーラス
誇り高き独演会のあとで
おれたちはやっぱり寝静まるのだ
檻は空しくきしむだろう
夜通しひそかにこすられるだろう

レモンは腐りはじめている
おれはすっかりねぼけている
この谷は飛べないよ
かあいそうなももんがあが
飛んでみせるのだ
おれはさくさくと芯の方へもぐっていった

クラインの瓶と酒の関係

酒瓶のつぶやき　エンジニアが
貧乏天使が　宝石箱を掘りにくるよ
貴族だったころの気まぐれな夢だ
汚い指で注がれて　なにかが
ほんとうに眠っていたのだ

ボロジノの戦いが

小さなテレビに映っている
ボナパルトは朝食を拒否した
おれはずいぶん陰惨なものを飲んでいる
硝煙　ちぎられた足　しめられた首

幻を置く店　画家が
ミュージシャンが　想像の空を閉じこめるよ
瓶の面でしおれて　けだものが
黙っておつりを待っているのだ

たちつくす兵　戦わずにたおれて
ソビエトのエキストラは家路についた
酒について語ろう　うらぎりの
うつくしい精算をかけて
ママの右手がすばやくキーをたたく

酒瓶のつぶやき　おれは
眠ることで　おれにちかづきつづける

すきとおった　それぞれであったころ
いそぐ雲　ふりかえる風
戦場の便りなど疑わしかったのだ

酔い痴れてくたばれよ　土方が
役人が　宝石箱をひっくりかえしたのだ
かなしい飢えだ　おれも
からっぽの宝石箱も
きちんと戸閉りをして眠るのだ

休日に懸かる淫らな橋

明滅する小都市の夜々
わたしはひかえめに参加する
柳川町　フランス座
キャバレーＰ　それも旅か
女たちはそれぞれの家を持つ

わたしも冷えびえとした部屋を持ってはいる
埼玉まで20分　ときには
県条例の橋をわたって車をとめる
本庄　深谷　女を売る店

いつもわたしは快活ではない
ビジネスはヒト族の細部に及ぶ
サナエさんはがんばってみようと言った

速度に運ばれてわたしは不安だ
わたしでないものが路面をとらえ
強いアゲンストをつきやぶってゆく
長距離トラックの無気味な尻がみえる
こがらなわたしでないものが
並びかけ　なまいきに抜き去る

選択はさまざま　高崎で
夜明けまで飲むのもいいだろう
けれどもママの顔
解らないことで成り立つ酔いだ
夕べのコールサインは15回
寝たのだろうか　情事のさなかだったろうか

ポルノショップ　やたらに咳きこむ店主
表紙だけだよ　かなしいプッシーちゃん
ブラックキャッツ　スウインガー
当方30代前半の仲良夫婦です
肉体はそれなりにうつくしい
それはそうだとしぼんだペニスを考える

処女だってきれいに鳴くよ
わたしでない男たちのくさむらで
あったかいくちびるはわれ
指の望むまま　おびただしくあふれ
ことばはまろやかに肩を洗うだろう

ブレーキははやめに　安全運転でわたしは帰る

手鞠唄

とうもろこし畑をあるいた
カラオケスナックの大スター
おれのステージはおわったんだから
長い葉をおしわけてずんずんおさらばだ

もう酒はいらない
好色な人妻のゆれる尻もいらない
テーブルの下はすっかり濡れちまって
なまぐさく臭いだしているのだ

かっこいいわよ
セーターを首に巻いてイェ　イェ
亭主どもも混じりだせば

おれは無性に藁が恋しかった

畑のまんなかで大便をして
グンゼのパンツでふいた
エンターティナーは汚いぞ

町外れの希望ヶ丘団地で
らったったと家族が笑いあう
抜け道です
ぬけめなく東京ナンバーもすぎます

秋は颪
踊りに憑かれた女をおいて
まっさおな路上にポケットの中身をこぼす
夜はまじめにふけてゆけ

とうもろこし畑があった
前橋市荒牧町の

てんてん手鞠の手がそれて
おれはたおれてすこし眠った

思考する花瓶

花の器のくらがりで
うすもも色の爪が痛んでいる
満たされてひっそりと肌はよろこぶ

花の器が触れている
湿った部屋の寝台では
老いたひまわりが種をこぼしている
60年代のロックンロールよ
浮遊する花粉の唄声にすぎぬのに

花の器を傾ける
器の底の水たち　さみしいよごれたち

花の器たち　あれたちが悲鳴をあげる

しばらくはゆたかな腐敗を味わい
くちもとに乾いた花を飾ろう
おいしげる夢の花壇では
花売りが花を呪っている

ほのぐらい窓辺で
花の器はおちぶれていた
花はうすぎたなく散るのだし
水はおとろえて腐るのだった

泥酔して目覚める部屋

女を抱いている夢をみる
あけがたのシーツをまるめて
わたしは眠りの栓をゆるめはじめる

どこのベッドで漂っているのか
パジャマをつけるのが習慣なのだが
どうやらくつ下をはいたままだ

挿入感がつづいている
顔のない女はあけはなった夢の外へ
ゆっくりとはいだそうとしている
わたしは窓のようなあかるさの移りを
あおむけになってながめている

この家にはドアがいくつあったろう
何者かが次々にノブをあやつり
わたしはねこみをおそわれるのだろうか
もどかしい女の顔をたぐりよせれば
ふいに蛇口からはげしく水が放たれる

これは誰のベッドだろう
おそらくひかりはまつ毛に触れ
わたしは確認されている
思いだせないのだ
波打際でわたしは眠りつづける

耐えがたい尿意がやってくる
身悶えて夢を拡げようとするのだが
夕べの衣服がべったりと重い
貨物列車がしっかりと枕木を踏んでゆく
いずれにしろ生きてはいる
毛布をふかぶかとひきよせて
わたしは注意深く目をひらいた

サウナ前橋温泉

朝の湯船に四肢をのばして
ひかりに浮かぶ湯気をみている
ときおり腕をあげて

素早く湯のはじけるのを確認する

透明な湯のなかで陰毛がゆれる
やけにちいさなペニスをこづく
ゆうべもだめだったな
奥のシートで抱っこちゃん

あたしのことなんかいいのよ
あわただしく陰毛をわけて
あっけらかんとくわえこむ
うごくな臭いが散る
気が散るぞ

ごめんねもうお時間なの
だらしなくベルトをしめて
ついに女の顔はみなかった
呼びこみさん景気はどう

ピチョーンと静かな湯船が鳴る
やはり腰が痛い
はげしく頭を洗い
歯をみがきヒゲをけずった

朝の街のシャッターがうるさい
ポケットがもさもさする
ちぇ　記念のパンティか
ポカリを飲んで
ゆっくりと広瀬川遊歩道を帰ろう

呪われた季節のために

情事のあとで見る海
ほのあかりの水平線に
すでに船は進む
安堵しなおあえぎながら

この湾はふせて
匿名の舵を操る
シャワーは肌に痛く
窓辺に映る影を隠そう

おわらぬ性
乳首をかんで酔う
酒をうつして痴れる
むら雲の移り　月の水浴ののち
みじかい舌を吸いつくすのだ

さよならは見えず
ほくろの位置を探って
真昼につながる眠りを育くむ
こぼれた汗を洗って
おはようをちりばめるのだ

胸を飾る珠
若葉は青空の下にある
枝をさわってゆく風よ
ふるい糸車をまわせ
おれはまたひとつの夢に住むのだ

ふるびてゆく窓

みがかれなくなった窓があり
その向こうでひっそりと育つ樹
樹の肌が不安になるこのごろだ

はるかに生きのびるもの
なま臭い幼稚園のまえで
母親たちはあやとりをする
おゆうぎをいくつもたばねて
誰を待っているのですか

うすぐらい女たちの指あそび

こわれやすい感情があつめられる
ゆうべの手触りを思いだしなさい
さくら組のさよならが聞こえぬうちに

窓の向こうには樹があるはずだ
つないだ手をゆさぶって
見えるものはすべてこどものもの
わたしは窓辺で花いちもんめ
だらだら雲とあそぶのは
あのこがほしい　あのこじゃわからん

幼稚園がふるびてゆく
白いペンキがめくれて
短かった夏が封印される

家々にはうしろめたい窓があって
みすぼらしい空を映しているのだが
樹はゆっくりとのびをするだけだ

窓のなかの眼のように
わたしは母子を呪うのかもしれない
窓の向こうの樹のように
わたしはどこへもゆけないのかもしれない

敷島公園入口

街路樹があかい
したしげなシグナルがある
この角度からわたしはみる
つもることでおもく静まるものを

かさなりながらふかくわかれて
潤いながら摩耗するこころ

あたらしい爪は忘れろ
あなたの手のひらで日時計はすすむ

しょせん可能性にすぎない
この交差点を無事にすぎることは
夕べのやすい香水が臭う
わいせつな姿勢でわたしたちはならぶ

ガードレールがしろい
おぼえていることに疲れて
うっとりと負けている
あなたの空へうちかえすシャトルはない

秩序の側であそべ
シグナルはただちに指示する
いまさらどんな宴が愛しいのか
すぐに酔いつぶれるわるい酒を飲む

樹々をゆすぶる冬のはしり
濃い影の移りをみてかんがえる
わたしは怖かったのだ
あなたのうちにしまわれる憂愁の落葉が

雨の時計屋（一九八六年）抄

ソロモンの誘惑

アブラカダブラ
どんな入り口だったのかおもいだせない
うつむいて護符を折る人がいる
まじないを唱えよ

東に向かって流れる川
その流れを背にして投げこまねばならない
概念と記号の合体
静かな人と獣との方技は

アブラカダブラ
なにごとか忘れ去りたいのではないか
十字に結んだ紙片の彼方へ
スナックが軒を並べるこの街もろとも

悪夢着草木好夢滅珠無咎実*
見たものをそのまま伝えてはならない
夢の消去術
凛々と雲流れる朝のために

アビラウンケンソハカ
五へん唱え　五へん水を替える
久松留守　釣舟清次宿*
赤い着物のこどもがみえる

アブラカダブラ
そういえば六芒星章があった
ダビデの楯　汚れた壁に
どんな入り口だったのかおもいだせない
円周（サークル）がゆきつく　不安な空が封印される

かつて言われなかったことはない
籠目　籠目　籠の中の鳥は
ああ　うしろをふりむくのだ

＊綿谷雪『術』より

ろくろ首

酔いつぶれている人の首がみえない
首はどこかで遊んでいるらしい
静かなからだはそのままにしておけ
酒場では百物語の花も開く

首はひらひらと暗がりを舞う
保育園の植込あたりでは
首どうしの出会いもあるのだろう
群雲の流れははやい

酒を飲んでいるより仕方がないので
匂い立つうらみの袖をひいている
木の葉がひとりでに離れるように
滑らかに抜けだしたいのだ

うなじに朱文字を隠す者
長い髪の女など怪しいのだが
そんなことより最終レースがくやしい
うつうつと前橋競輪の展開にうなずく

首のないからだを別の場所へ移すと
首は三たび毬のごとく跳ねて息絶える＊
カラオケも終わりだ
めんどうなやさしさで拍手がぱらり

首は帰ってきて頭を掻いている
みたものがからだになじまないのだ

襟を立てて忍ぶ冬
誰がろくろ首だってかまうものか

酔って寝るより仕方がないので
夜ふけの道を運ばれてゆく
すごい月夜だねえと
寡黙な運転手に話しかけている

*小泉八雲『怪談』より

時代の騎兵

雨季の森で緑を浴びている
あれは瞳の裏側に住む馬だ
ひどくけぶっていて消えかかる
死者の夢を乗せてゆくのだ

なにをみている
このごろの星の方位は
　六月六日より月命戊午七赤金星の月
　　暗剣殺西の方　吉方なし*

越前福井の首無し馬だが
馬の寿命は三十年という
雄五歳馬が盛りらしい
イリュージョンの馬はサラブレッドではない

四緑木星　五歳に始まり八十六歳まで
運命もお手軽で　送料共五百七十円也
臨機応変でさ
さしあたり導というやつでげす

馬群にもまれてとは周到だ
暮らしは競争じゃあねえよ
森の奥でおおきな影がふりむく

けだものを乗せてゆくしかないのだ

本年はいわゆる厄年といわれる衰運の年に当たり
何事も順調な進展は期待できません＊
九星三方陣に根拠はないが
日々無事故に暦を繰っている

草の根をわける犬どもだ
霧雨にしてもつかのまの状況にすぎまい
馬の骨が埋もれる
こんどは首だけの馬を飼うのだ

＊神誠館『高島暦』より

影の病

あそこの椅子に倒れているのは誰だ
青く眠りこけてさみしい
私はじゃぶじゃぶとビールを飲む
春の人事は不愉快だが避けられない

生霊説にかたむいている
M氏の電話の相手が不安だ
幽霊は小声で話すのだろう
同じことを何度も聞いている

面妖なやりとりがあって
M氏はガタンと丑三つの夜へ消えた
いたずら電話があるの
受話器はときどきこわいわ

タクシーを呼んだのは誰だ
ドアは夜の方からも開かれる
顔をみあわせれば紳士たち
間違いですねと言いあってなにごともない

ジャンジャンと音たてる人魂があるそうだ
ホイホイ火とも言うらしい
註（日本怪談集・幽霊編）
電話の相手はさきほどのM氏のようだ

タクシーは呼んでないよ
ぼかあこれから行こうと思うんだ
と　言ってるというのだが
なによお　しらばっくれてえとママはあかるい

朝日のあたる夢をみていた
勤務表はともかく彼女の辞意はかたい
影の病だな　これは
私はそっとカウンターの私をうかがった

相馬村の怪異

めそめそどきの春の嵐だ
パチンコに負けて逃げ帰った
なにか憑いていやがる
ごっそりと現れそうで恐い

相馬村の天神山にはおおかみがいた
切り通しを走って帰れ
桑の葉がぱらぱらと追いかけてきて
どっとつまづいたかわたれどきだ

咲いたばかりの桜がゆれる
ちぎられて舞う花はざまあみろ
春を呪うとは必敗パターンだな
大原歯科医院で神経の先をひっかかれた

三回たずねてみる＊
おまえはだれだ　おまえはだれだ　おまえは
大神だ　狼だ　おおかむにゃ
むにゃむにゃなら本物だ

わたしは二歳　農協アワー
群馬テレビを好きになろう
はじめて大渡橋をわたった日
若い父の自転車につかまってわたしはいくつ

蚊取りヤンマを待ちぶせた
背戸のくらがりをめぐる精霊
竹箒　不動の四番バッターのように
ぱんがたにほっつきあるいちゃなんねえぞ

おそろしさをちらかして
わたしは酒をのんでいる
百鬼夜行のざわめきを聞いているのだ
まだ藪が残るこの村　恐い

＊柳田國男『妖怪談義』より

相馬村の桜

大川といってもちょろちょろ川だ
大きなしだれ桜がある
なぜかそこは墓地なのである
沢蟹を捕りに行ったのだった

村境である
当番と呼ばれる若衆が
提灯を持って花嫁を迎えた場所だ
桃井村はまだ異郷であった
門謡(かどうたい)である　やがて高砂

風習だけがうけつがれ
今年の当番である私は謡（うたい）を知らない
青菜がでたら退散なのだとか

キヨちゃんの御祝儀が最後らしい
蓬萊山をしつらえて
雄蝶　雌蝶を配置したのは
ほうら　お嫁さんがくるよ

あるいはガキ大将の越境である
桃井村の勢力は三倍
相馬村は広馬場だけになっていた
分村である　陰謀もあったらしいのである

百万遍のこどもも念仏が聞こえる
八之海道はなぜ海の道なのか
古木は化けるとか　桜は樹齢二百年
相馬村はわずか六十八年で消滅した

村境のしだれ桜である
私はそこが境であることを知っている
いまも血の色をみせて
墓地があって川が流れているのである

春を呼ぶ腕

夢想する腕を抱きにゆく
森のあたりで空をうかがい
風のくちびるに頬を寄せる
遠くからきて舐めてゆけ

腕はどこにあるのだろう
枯れ山の枯れ草があたたかい
踏み入るとき
音たてるものがいっせいに振り向く

禁漁区から鳥たちが戻る
二月十五日　根雪の笹
雫のなかに森はある
自嘲して舌をふるわせよ

ゼニゴケの岩　ウラジロの葉影で
それは眠る蛇にならぶ
腕はまだ腕そのものではない
ヤマドリがはるかにくだる

森はどこにあるのだろう
迷い犬が戸をたたく
腕は酒に溺れてうなずいている
鳴き声が森までつづいているよ

夢想する腕を抱いて
としよりの飴をしゃぶる

また春がくるのだ
馴れた舌をさしいれるな

物の怪のそれ　音たてるもの
気をめぐらして華やぐ
季をうずめて凝らす
ごろりと森にいる腕だよ

ピーターパン症候群

不思議に森は背後にあって
少年のむずがゆい羞恥に触れた
空のようにと　不安を拡げて
あの恐ろしい夕立を待つようだ

樹の身じろぎ　森へ
理由もなく迷うな

地面の下で樹は樹に結び
人一人うずめる穴をさまたげる

藁がふくいくと薫る日
まだらの牛を野につなぐ
恋人が消えてゆくふかいみどりのなか
まだ　おおきな森が近い

こちらをみている　森の
ふるい住人たち
あれらの毛深いふところに
木苺は　すばやく摘みとられる

風が　夢を試してゆく
少女のはやにえがうつくしい
人語を解せぬものら
それらがおおいかぶさる森たち

山の大人　森は
しゅうしゅうと　人魂をはなつ
親しい樹の名をたべろ
駆けてくる雨足を聞きつけて

森を従えるな
けだものの末裔（すえ）　いちもつを
やさしく葉もれ陽にみせて
自慰する花をのぞいている

腐乱魚

水に住むと考えても
魚は　赤ん坊のように浮いてくる
溜りと呼んでも　池と呼んでも
乳色の濁りがおもたくゆくのだ

あの奇形のことだが
まだらに生きて泳いでいる
水のなかではただちに見ることにはならない
空に漂うのは雲だけではない

すこしは必要だ　雨も　風も
やはり　どんぐりがころがる
よちよちとこどもがいってしまう
おかあさんは手をあげてください

水辺では魚になるよ
おおきなためいきがのぼってくる
淵に沈んでいる赤ん坊の
眼のような影がすぎてゆくのではないか

しつらえてある　この世
藻藻　もみどりに繁る
バラ園の池だよ

MOKUのパンをかみしめる

かたちだって辛いのだ
ぼんやりと浮いてくるおもさ
尾びれがゆるやかに水を蹴る
水のなかで　それは魚だと信じて

さびしさは重要ではない
むしろ　向こうの方へ移り住むこと
おとうさんは手をあげてください
この蜜月の水面に

夜のオルゴール

夜のオルゴールは眠れ
ベッドのきしみ　涙もやがて眠れ
OHOHぜんまいを巻いて

とおくまで夜はふけてゆけ

月の夜だが
ネコにも縄張り　抗争がある
三毛の爪がのどにあかい
あなたの可愛いネコのことかしら

ヒト族　ネコ科
またたびに酔うのは本当だ
なにもかもであったと
わたしたちは納得する

うたうたい　その口をすすり
ＡＨＡＨ知らずに
続柄をおさえてゆく　おまえの
祖父母をさらに遠ざけてゆくのだ

目目連といって
障子に無数の目が現れるそうな
おれをのぞいてどうするのか
こんなに何もないおれを

夜のオルゴールは眠れ
深く夢の底に潜ってゆく
音色がたゆたう　うてなで
目はおだやかに位置を回復する

黄泉の橋

ずいぶんな荒れ様だが
係累の橋　これが渡り初めだ
なまぐさい肌が居並び
腐敗もたいそう進んでいる

ごらん　あれが我家のギボシだ

朝からの雨に振り込められて
橋はまだ異様を晒さぬが
夢のように渡るには御日柄もよい

廃屋での暮らしもまんざらではないと
考えていた　わたしの頰杖
散文の川はたえまなく流れ
橋桁は　ときに悶えた

方法の微風について
濃密な藪伝いに御返しが届く
目の黒い人が様をみている
これ　つまらないものだけど

枡に隠れた徳用燐寸
うきわかもめの空をすこし
とお　とお　鶏を追う声がする
バタリーといって　これは薬草だが

ニラが食べられるとは知らなかった
豆腐の粕は御馳走だよ
ほら　そこのぼろっとしたやつ
Ｈｉｅ Ｈｉｅと笑いながらね

ずいぶんな荒れ様だが
血糊や灰燼もそのままに
最後の人を見送るまで
橋は残る

契約

危うくも吊橋を渡り切る
血まみれの花嫁を抱いて
おれはすばやく獣の耳をかぶる
カリカリと署名する

村役場にはたしかにおれがいたのだ

またしても二月か
生命に関る契りを結んで
朝のコーヒーは密かににがい
凶事を言いふくめて
さびしくもののふを黙殺する

夢よと
ムク鳥の展開する空
ひとつ風景が裏返っている
あのあたりで子供のおれが
S子を押したおしていたのだ

揺れることでたしかめられる橋
花嫁はしきりに戻ろうとした
ちんどん屋の道行きだぜ
風花が朱に舞って
やけにしんとくる奈落だ

祝杯をかさねて濁す
血の道もあてにはならない
折悪しく吉日に出会うことしきり
おれの知らないところで
こんこんと湯はあふれる

ビクトロンが鳴って
おれたちは整然と退場する
花嫁は高等数学に忙しい
観念の魚を泳がせておいて
おれはそっと契約書をめくった

いちめんの緑のなかで

都市からの風は疲れている

酒場では観葉植物が静かだ
舞い落ちる言葉が軽い
フツーの悲しみが漂っていて
ぶっつりと戦意は失われた

木の芽どきの風狂が
煙草畑のうえを渡ってくる
やはり緑がなつかしいか
でっぽっぽっぽとキジバトが鳴く
シティーボーイもやっと三代目か

知の曼陀羅はいよいよ古い
墓泥棒は後を絶たないが
構造のうえをはらはらとこぼれる
あれが極上のコピー
ひらめきの翼は人が嫌いだ

かたちをひらいてくちづける

秘めやかなものも個性ではない
無数のベッドが揺れている
裏ビデオの草むらは深い
緑の奥でかっこうが鳴く

おいしい月曜日には
榛名フレッシュエッグを
若葉のうすみどりもまぶしく
ケトルの口笛が鳴るまで
相手がいるのであやとりをする

自然は夢みない
不思議に熊笹をわけて
言葉は突出したいらしい
あっ　とすれちがっている
そんなあわいで安らぐしかない

いちめんの緑のなかで

ならずものの酒を飲んでいる
やはり韻を踏んで
暮らしのレモンをかみしめる
すらりと青いナイフを置いて

象徴の森

耳の奥に繋っているらしい森
あちらを向いている村から
おれはひっそりと帰る
ひぐらしが鳴いて
夢枕を夕立がたたいた

森の奥でうかがうらしい耳
村の人事もとどこおりなく
醜聞もそろそろ峠だ
朝露がふっくらと落ちて

異郷の街がくだける

魂の市が立つ
石のなかで眠るために
さざめいてゆくつわものたち
熟れればたちまち臭い立ち
あおくこわれて

燃えている陽炎の向こうから
もう一人のおれをさらってくる
森の標が見えないのだ
ひとむらの樹陰をわければ
すずやかに遠望できる初夏

耳の奥でゆれているらしい風鈴
あちらの村では蝉しぐれ
そろそろ紫陽花もおわる
青空がきいいんと鳴って

雨の時計屋

長雨をころがしてゆくのは誰だ
場末である
レストラン時計屋に雨が降る
振子は停止してうつくしい
黄金の時代は去った
おれたちの自主講座は再開されない

ここに幻の椅子がある
うずたかく提出されたレポート
初夏の風にめくれつづけて
誰かが若い植物のように座った
うっそうと会話が繁り
樹液は高くのぼりつめようとした

汚れた死者が雨を降らせている
ずぶぬれて路地を駆け抜けたまま
やわらかな会議は流れ
音たてて泥水は軒を流れた
時計屋の時計が告げる
それぞれの独房にゆきついて
ざんざと雨降りしきる

場末である
毎日がたそがれて
おぼろにステンドグラスがともる
なつかしい人が隠れているらしく
よそよそと過ぎる靴音があやしい

明け方の夢は濡れている
さみしい腕をひきよせて
眠っている妻の寝息を聞いている

どこかの時計屋で
妻の時計も停止しているのだろう
長雨をころがしてゆくのは誰だ

泥の部屋

爪をはがす話をして寝る
睦言の洞では生肉が親しい
そのまま夢におしやられて
おれは異様な宿に着く
泥の部屋に旅装を解くのだ

N氏のつぶやきが遠い
泥のクニの作法に従ってくつろぐ
ここは水の地方だ
おれが沈めた弟の死体
こわれながら不思議に走りつづけるオートバイ

雨が降っていて夢が濡れているのだ

かかえている首が泣きはじめる
眠れない首がおれをののしる
明晰な雲が黄金色に輝くのだが
おれは泥のクニから帰れない
N氏の解説がこともなげにつづく

爪をはがす話が飛び散る
単にイメージの大群ではないもの
おれにとっての外部？
そうよ私小説の不幸だわ！

ゴミの部屋で本を探す
奇書　春本　禁書の類
本の背表紙が読めないのだ

眠れない首が不吉な予感を訴えつづける

ここ以外のどこかがあるらしいのだ
それは泥の部屋
散乱する書物の部屋ではもちろんない
おれへと覚醒することでまた悪夢がはじまるのだ

影あそび（一九八九年）抄

影あそび

ゆきくれている道に
たむろしている影たちのほとり
うすらあかりに浮かぶ顔のひとつふたつが
こちらにおいでと唱いながら
ぎっちらぎっちら手招きをしている

なまめかしい時計が
どこかに埋められているのだろう
ときおり地面がどよめいて
家々がのっそりと向きを変える
背筋が寒い

寺の石段を登りつめて

なお　ごにょごにょと読経
護摩壇に五穀散りこぼれ
影のなかの影たちが
ものがたりを偲んでいる

草むらでテレビが光るらしい
あおじろく虫を集めて
夜のなかに忘れられている
そんなものは捨てておけと
どこかでつぶやきが寝返りをうつ

とても古い夜店が
覆面をつけているので
あちらへ誘われてしまうのだろう
あるきかたがおかしいよ
手を引いてゆくのは誰だろう
鬼さんこちらと

連れてゆくのか連れられて
なぜこんなほとりでゆきくれた
そこは寒いぞ　誰もいないぞ
声のする方へ石ひとつ
もうひとつ

異形の昼

夜が後退している
朝露にのどを潤す影たち
舌打ちの狩人は弓を置く
人の森に空が低い

柔肌に降りかかる
群青の雨に打たれて
都市はまだらに夢見るのだろう
木陰でたしかな日和をなめろ

音色が告げている
まぢかで筋肉がふるえ
けだものが交尾しているらしい
炭素系生物のうつくしい午前のなか

風景のなかの風景
子供たちの喚声が捕らわれている
かまきり公園でビールを飲む
この区画もさみしい標的にすぎない

夜が後退している
まひるへと移り住む異形たち
希薄な物陰で傷痕がひらくが
目の列がそれらをなぞって過ぎる

影たちの理由が埋もれている
おおような草々のはずれで

狩人は青衣を脱ぐ
たたかいは空の辺に墜ちた

憂鬱な鳥が居並んでいる
夜の法廷に異議を運んでゆくのだろう
ときおり妄執が駆け抜ける空の下
影たちはひっそりと異形を繕う

徒党

夢枕の徒党
その切れ長の横顔がうっとおしい
ふるくさい未来が
どぶ川のほとりで酔いつぶれていらあ
夢指南のあれこれが
花首を刈っ切っている

どんな路地裏にも私は居ない
酸えている夜のことばを洗うため
明け方　鳥のように水を飲む
薄明をついて駆けぬけてゆくものたち
その白い仮面をこわせ

もういいではないか
ひとつるしの隠語の束が
ゆっくりと声をかける
よく裏切るものこそ生きのびる
そのとき夢も一人で死んだのだ
うつくしい弁明を剽窃するな

夢枕の徒党
その居並ぶ影に見おろされている
あとは日和しだいだ
急ぎの笛が鳴ったら私は観念しよう
私という在り方を遠くへ放って

ああなんと嘘がいさましいことか

雲が征くよ徒党の
楽園（パラダイス）はまだ日の色だが
やがてみどりに静まるだろう
ふるいぞ　ふるいぞ
徒党
ちかくへきて私を刺せ

階級の午前

観念が指先にきてとまる
それを蝶と呼べば
白い羽がひらひらとかぶりをふる
おれはどこにいる？
けだるい午前
神話時代の労働から遠く

ただちに異形である憂いに沈む

具体的には爪を切る
うすべに色の感受性が
ちいさな叫びをあげて飛び散る
シュプレヒコールであったもの
それらをうつむいて切りそろえる
おとなしい午前のたしなみがある

好事家どものティーチイン
なぐさみのテロルについて
死んでゆくのは常にかれらではない
花のまわりでさみしく凶器をたたむ
そのときおれはどこに居る？

あの静寂の向こう
手から手へ渡される愉悦のなか
おれはおれへとそよぎつづける

情緒が指先にきてとまる
鏡のなかを吹きぬける風
ふくみ笑いが世界をなぶってゆく
ゆたかな労働者は眠れ
いまや恐怖はだれの手にも負えぬ
だがおれはどこに居る？

もののあはれをわたるもの
退屈な差異についてデータは示す
おしなべて不在
まずは層としておれはみえる

六月の歌

六月の風にゆすぶられているのは
若々しい樹々の夢想ではない

遠い六月
ヒーローたちの影法師が
いくつものたそがれを引き降ろしていた

涙もろい日のかかえきれない屈辱よ
見知らぬ人々の記憶を盗んではならない
おお　私の少年
緑したたる蒼き首府があったか
セピアなり
ふさふさと長髪をなびかせて駅を過ぎた

たつきを嘲笑って何になろう
顔のなかで顔に仕上がる
それが紛れもないおまえだ
ふるえるような糧を想え
新聞紙が匂うざわめきの朝の

六月の風にゆすぶられているのは

メモリアルソング
遠い六月
ヒーローたちのいかがわしい肩が
労働歌にゆれる　春歌にしぐれる
おお　それからだ
暮らしへの手続きが黙殺されているのは

若々しい樹々の夢想が
あたらしい空に入道雲を浮かべている
もう六月の歌は唱うな
私のなかのヒーローたちよ
偽りの季節の花ことばたちよ
その無惨な今日をこそ唱え

魂の日

影がつきまとうのは仕方がない

あかるくほろびたままだから
いきなり女は駆けだす
ぶるんぶるんと風がふくらんできて
すこし先で私をふりかえる
不安が微笑んでいるようで
私は無性に哀しくなった

影がいさぎよく征く
まるで私たちは争うようだが
ときにながあく手をつなぎ
うっとりと動かないもののようだ
風にゆれているのは影ではない
だがうつろいのおもてで日をさえぎる
駆けだそうか私も

影がまさかりを担ぐ日
どれだけのひまわりが刈られるだろう
あかるい午後のテラスで

私は古いものがたりを閉じようとしている
病葉を日に焼べながら
水のような日々であったと
誰かに伝えないために

影が消息を探りにくる
野のポストがさびしく音立てる
ああそこに私たちは居ない
女は駆けだしていって
新しいなぞなぞをのぞきこんでいる
駆けだそう
私も

私の日

日の底で笑っている
死面（デスマスク）にこころあたりがある

こころのどのあたりで
私は彼らと訣別したのか
嘔吐するのだゆたかな今日を
奇怪な夢が訪れる日
背中にいくつも眼が生えてくる
悪い病気だが案ずるな
すこしかゆいだろうが

日の底でみあげている
まだ思い知らぬのだろう
おれたちが封じた方法の意味を
つぶやいているのは誰か
死面（デスマスク）か背中の男か
私のなかに私が帰ってこない
これも古い病気のひとつだ
伊香保の湯に沈んでいる私を
水沢の野猿がみかけたという

日の底のまぼろし
素朴な光の束がみえる
おのぞみのほろびというやつだ
過去を慈しんではならない
よく眠れ
うっそうと繁る夢の森で

日の底で笑っていやがる
ゆらいでいる日のあわい
生きているのが恥ずかしいと
言ってはいけないのだ
双の耳をふさげ
表層（オモテ）を口語（コトバ）が通る
あれらのながいひとときと
私はそっとみえない背中をさわったり
死者の匂いをかきよせたりしている

鳥のいる部屋

降りしきるもの
議論に飽いて雨足をみていた
なまめかしい時も場所も
どこかで野たれ死んでいるのだ

なぜか敗北的な初夏
古今の奇譚を書架の隅に押しやり
おれは鳥類の図鑑をみていた
おおきな鳥がフサスグリの実を食べている
しっ　いってしまうぞ
ヒヨドリが

意味のたそがれを
ヒクイドリがついばんでいってしまった
フクロウの頭上に三日月

夜の鳥たちの頁をひらいて
おれは翼をゆっくりとひろげた
くぐもった森の声が聞こえて
不意に静寂がきた

微笑みが壁にかかっている
行為の果てを愛でることは老爺の楽しみのひとつだ
ムナシサバカリダネ　コノゴロノシハ
ツグミの群れがおれのなかを羽ばたいていった

うつくしい断片だけが
いつまでも若い
緑はしたたれその時と場所に
花房はゆれて香を散らせ
ハシブトガラスはいんぎんに時刻を告げた
くろぐろとおれは眠った

まぼろしを打ち据える

そこにはなにもないということ
月みてよろけてゆく五丁目
ぬっと電車が滑り込んでくる
目をつぶっているからだ
いつかのおれをねつぞうしてはならぬ

唄だってお里が知れてる
夜鳴っているのは風か雄叫びか
自分を位置づけておきたいだろうさ
うすぐらいだけの春もろとも
性欲があちこちで裾をまくるわ

一晩中やれると思っていた
淫らな肉のうちがわで
しゅるしゅるとあふれるもの塗りたくり

朝の卵をつるりとむきおえるまで
おれは一本の男であることに夢中だった

違ったのよね
崩れてゆく事後のかさかさ
欲望もしたたかに水をかぶるということ
洗われて青空にシャツひるがえる
さわやかに伸びあがる背

そこには誰もいないということ
ぬるぬるとめくれる唇が
毛布のしたで波打っている
きっと奥深いところで味わっているのだ
キャンディーボーイのふくらみを

こわばったそれを打ち据えねばならない
どくろを掘り出してくる女よ
あのきらびやかな日の夕まぐれ

呪いの笛とつぶやいても
それでもそこにはなにもないのだ

昏い傾斜

運命も定まった
如月へと鉄柱は傾きつづける
まなざしを伏せてゆきすぎる
時はゆっくりと錆びて停止するだろう

哀れみが歩み寄る日
にこやかに一杯の茶を勧めよう
どこかで憎しみが勝っていて
百のガラス窓がヒビ割れている

冷えたフェアウエイ
マルチハロゲンランプの光のなかを
ああ盗人の影が走る
寂しく白球は届け
昏い金網へ

古臭いメロディーが空席を埋めている
会長もその妾も消えた
輝く指定席もいまはただ
ひっそりと真正面を見つめている

南の風は禁物だった
エセ・モダンの脆弱さは証明済み
奇怪な縁が巣を張っていて
陰湿な風がとどこおっていたから

今日　神無月
運命をひとうちして
五月のグリーンを狙おう
前上がり右奥

すべてがスタイミーな急斜面だ

夢想カントリークラブ

夢の袖を引いているのは誰だ
ロストボールはセビリアの路地にある
詰まっているインコース
無気味な客の群れが
迷えるゴルファーを待っている

奇妙なルールだ
この異国の狭い路地を抜いて
あのまだらな丘に打っていくのか
アドレス
路地の向こうを地下鉄がとどろいていく
さびしげな前橋の交差点

植え込みのなかにピンはある
使用球がピンポン球とは
どこかでみているはずの同伴競技者
私はまだホールアウトできない

ラフの底にボールは沈んでいる
ざわめきが風に浮かんでいる
右ドッグレッグ
なにもかもうまくいかない
毛髪のように芝は粘った

夢の理由はあのあたり
池越えの名物ホールで
白い蛇がまどろんでいる
私をゆりおこすのは誰だ
ロングロングホール
暗雲垂れ込める夢想カントリークラブで
私は手の5番を密かにとりだそうとしていたのだ

藁の戦車（一九九四年）抄

四〇代の習作

いつのまにかオジサンになっていた
二十歳をもてあましていたのだ
つい先だってまで

ボクの頬に老人斑が浮いていて
静脈がやけに太い
眉毛の長いのがあって
ふぐりの毛も数本白い

女を後ろから観るようになった
若いことばが嫌いになって
嘘も少しは許せるようになった
けれども赤貝のような笑いばかりで
酒が不味い

呼んでくれるな犬よ
ボクも誰かの犬で
最近はご主人さまの顔色が気にかかる
ボクは体制そのもの
秘密の宴に招かれて
静かに杯を傾けてきたという次第

明日はゴルフだ
二十歳の出発がどうであろうと
浮き世の勝負からは免れない
負けて悔しい花いちもんめ
ええい　それがどうした

青空が
夏ならば
それでいいさと明るいので

オジサンになってしまったボクは
とにかく打っていくのです

つい先だってまで
ボクは大嫌いな二十歳だった
そして
まだその不快さを思い出せるのだった

賭け

緑が匂う
苦手な10番からティーオフ
左右ＯＢ　打ち上げのロングだ

榛名南面をそよぐ風
右へフカして土手に弾んだ
あれが運命とは笑止な

だが賭けるなら白球は
きわどく白杭のうちに残れ

無益なことは止めたさ
カラス鳴け鳴け深いラフ
どうせ仕事のゴルフだ
芝なぎはらえばいい
土たたきつぶせばいい

フェアウエイうねり
だらだらとグリーンまで
残り１５０ヤードか
カブせた5アイアンでダフッた
したたかに緑飛び散り
鼻先で安っぽく屈辱が匂った

どの位置で
ボクはボクでありつづけるか

爪先上がり　スタンスがこころもとない
こうして立っている日々が
長すぎるなあ
肩よ　臆病な左肩よ
いさぎよくヘッドをふりかざしてしまえ

カップは遠い
シビレなければすぐそこ
許すのも許されるのも辛い距離だ
賭けたとは言わなかった
だが
同じことだ

顔がゆれている

いくつもの顔が
濃密にくらしを包囲している

ほんとうはただすうにんの顔が
うらめしげにみえるだけなのだが
神経症が押し寄せる初夏の
前触れというやつなのだ

ただ自分とくらすことが
それだけで困難な葉桜のころ
やたらに唾して煙草を吸う
インポテンツをぶらさげて
のたりのたりと緑を愛でて
どこでも寝転んでしまいたいのだ

鬱々とこころを転がして
どこかを覗きこんでいたい
戦前の
センゼンノ
つるべがかしいでいって
ほんのりと空が映っているような

水の景色が欲しい

いいかげんさが
極楽トンボのように右へ逃げて
どどめ色した屈辱が
いまもこどものままの頬に止まる
私という地獄は
例外なく滑稽なのだ

顔がゆれて
顔に押されて記憶がふりかえる
祭壇に納まっている顔をみた
うろたえて名前をもいちど思いおこした
死の儀礼の寸前に

顔が変わる
けれども紛れもなく見知った
ヒトがどこかへいくらしい

焼香の列がもくもくとゆれて
顔が別れていくのだった

異邦の人事

なんだかたそがれて
絵日記の嘘が
藁の重戦車を転がしてくる
どこかの平原で
羊雲を眺めているような孤独が
ボクのとなりにいるようだ

他ならぬボクが
ボクを覗いている目覚めのなか
乳首をそっとつまんだり
股の匂いをかきいだいたりして
十代の眠りを取り戻そうとしている

つまり

わけのわからない人事が
獣の顔をして居並んでいるので
ボクは紙切れのようなものだったのだ
食われるなよやさしい山羊に

四季が不安だという
自明のつぶやきが理解されない
巡るものは覆うもの
愚鈍を積み重ねてボクは甘受する
梅
桜
ひまわり

そのときだ
不意に藁と唾液が匂うのは

関東平野

影を葬ったあとの
夜という夜の気安さが
おれの背骨のあたりで笑いあう
ふりかえってお愛想
変わりなさに気がついて
ダルな酒が骨を洗うという手筈だ

そりゃあ意味のない昔が
テレビのなかで悶えていて
恥ずかしさがかさこそ音たてるが
そんなものは知らないのだ
穴掘って埋めた歳月ではないか

今日だって埋めちまえばあ
女の苛立ちが花の庭から届く

いい天気なのだ
柔和な雲が南の空に浮かんでいて
肥沃な関東が地平をのぞかせている
職場の戦争も命のやりとりではなく
せいぜい屈辱を投げつけあうだけの
可憐な様ではないか
ぶつぶつと蟹いじめたい休日があれば
それで済むのだ

影とは愚劣な知の仮称にすぎない
議論だけがこがねに輝き
あとはひたすら眠ればいい
素手で芥を拾い集め
燃えるものは燃やせ
雨風に崩れたものは埋めてしまえ
やがて途方に暮れて
今日のあたりを掘りかえすのだろう

なにげない日が埋もれつづける
関東平野
それでいい

日だまり

退屈なことはよいことだ
もう宝石箱の中身は空っぽで
どんなヴィーナスもでてきやしない
空の底を音速で過ぎるあの
きらめく未来のかたちもあてにはならぬ
まぼろしの共和国が国境を失おうと
私の最後のテリトリーが侵害されようと
いななく駒を駆るつもりはない
神話もすでに
ビジネスのスタンスに含まれるから

知った風な口をきくなと
熱帯低気圧がひとすくいの海を運んでくる
お手軽な擬人法だが
それで死ぬ人もいる

どこでなにについて嘆くというのか
胸糞の悪い季節が停滞していて
本当の話がみすぼらしすぎるから
追い越していく風の歓声も知らぬことにする

血は流れる
外傷は認められない
誰もが柔和なボクサーの顔をして
生涯のロープにもたれている
そういう挨拶の仕方ならいいだろう

憂鬱な幸せだけど
そんな日だまりで会おうじゃないか
まだ少しは酒も飲めるし
たぶん煙草も吸えるというもの
そして静かにハミングしていよう

平等院

取引先のSさんとは二度目
近鉄の改札口で待ち合わせた
京都駅だが
京都という旅ではない
Sさんの早口の関西弁に慣れるまで
ボクは上州土産「旅がらす」を小脇にかかえて所在ない

最新型でも少しずつ不満はある
操作は簡単という新機軸

名刺交換もそこそこに機械を眺めた
同行の部下Kくんも覗き込み
そこで顔見合わせてるという不思議

出張という旅の接待という酒
Sさんがへんな話を始めた
ゆっくりとせなあかんよ
会社ばかりが人生やない
Sさんは身体をこわしてしばらく入院していたのだっ
た

宇治の竹林を眺めて平等院
仕事の旅だから表情がめくれない
それはいけないことだ
Sさんの解説が呪文のようで
玉砂利踏んでゆくボクはだんだん侘びしくなった

京都発一四時五三分ひかり十四号
雨足を振り切って東上した
病同院　病頭陰　鋲頭院　ビョウドウイン
Kくんのことはすっかり忘れていた

病みあがり

いつのまにか腰抜けになってしまったボクが
それとわかる顔付きで
西詰めから大渡橋を渡って行く眺め
ストレッチャーで運ばれながら
ただ生きることだけを考えていたのは
つい数週間前のことではなかったか

いつものけだるさがやってきて
何のこともない忙しさの小雪まじり
怠け癖のあたりで頭をかかえていれば
声もふるえるし　ああじれったいと

からっ風にどやされるばかりなのだ

ボクが崩れていくのは紛れもない様なのだが
ぎいこぎいこと感情的な天秤が揺れるばかり
どこかで首吊りたいバチアタリが
おっかなびっくり水道タンクの方へ曲がる眺め

手慣れたやり口は通用しない
晒した足元にはほら
なさけない影法師がうつむいていて
あんたにはやっぱり娑婆の負債が過ぎるようだと
破産したこころを建て直すのは難しいよと

そんなボクが契約書を作って
あたふたと荒牧方面へでかける眺め
呑み込めないこだわりを強引に呑み下し
修練の足りない笑顔をいくつも置いてくるのだ
グズなだけの気配りがガラスのように砕けて

ストレッチャーの車輪はなめらか

日々平安

目覚めの前の
ぐちゃぐちゃの夢も久しぶり
脈絡のない不安が
眠りの壁際でうごめいていて
ああ夢だと考えている楽しみ

昼間の方では
その分ぼんやりできるという安らぎ
どうなったっていいのだと
中間管理職の意見を述べる
耳当たりのそふとな応答があって
決定はどこかの会議室へと移っていった

手触りの確かな日に
何者かの意志を憎しみに変えてみてもつまらない
日々という言葉ではない午前
拘束というひとときではない午後
嬉しいなまものなのだボクは

眠りにつくこととたたかうことがつりあうように
おだやかに通勤しよう
渋滞の列が陸橋までつながり
朝日が陰影をきわだたせる眺め
西の山が早くも暮れなずみ
スモールランプが延々と連なる眺め
ここも見果てぬ世界のどこかなのさ

ほうらやってきた
とびきり恐ろしい奴がのぞきこんでいて
久しぶりにボクは子供みたいだ
まさか声あげてはいないだろうな
女房にしがみついてはいないだろうな
おもいきりのしかかられて
どんづまりまで追い詰められて
ああ夢だとおもいあたる楽しみ

慶事

そんなに悪い夢というわけじゃない
晴れの舞台に身の置き所がみつからず
神主の後について
紙の塩を捧げ持っていただけのことだ
吊しのダブルだけでも荷が重いのに
柏手などを打たせてもらえなかったのは
よいことなのだ

はやくも頭の裏側を滴るものがあって
酔いどれの愚鈍さがつぶやきはじめる

どうでもいいのだ
仕上がってみればムラの仕組みが
そこやら向こうやらに形を残している
それもよいことなのだ

たとえば修復不可能な傷がどこかにあって
それをつけたのが他ならぬボクで
閉店後の闇のなかを肩をすぼめて
ボクの部下が駆けて行くという
なんとも怖い可能性だけが事実だ

注いでもらえぬグラスに
こっそりとビールをそそぎ
のどごしのきわめて悪い昼
風騒ぎいつまでも鳴り止まぬ装置音
そんなものさよい日は

どこかで血が流れたのも本当で
ボクはそれを見損なった
きっと冷えたまなざしがあって
ボクは何度も背中を撃たれていたのだが
一日は一日で
冬だからからっ風もあたりまえ
よいことなのだ

実業の馬

さて
まだらのあばれ馬はまだおさまらぬが
しがみついているのも頃合いだ
小手をかざせばあちらでも
へっぴり腰のジョッキーが
なにやらわめいているではないか

観念の馬を駆る者は実業には向かぬ

群雀は蹴散らせ　旗は奪い取れ
踏みしだいていく法人の論理こそ
まことに打ちまたがった私の馬の気性である

やあやあ
もののふの寒いこころざしかざし
手綱を振ればすがるものおよそ二〇騎
乳白色の平原をひた走るとみえるのだが
すべては明け方の夢である

私の馬は森の奥で苔むしている
夏草の名残をからめ
失われた蒼穹の時を眺めている
この馬は無効である
キシキシとタンブラーの内部で
つぶやきが割れる

けれども

馬という囁きに濡れて
日々の食卓を囲むのが常なら
おまえにふさわしいのは沈黙だけだ
何故に論理を最終のモノと言い放てぬか
何故に夜毎の屈辱を追い払えぬか

この馬は従うもの
奇妙に誘う誰かの馬である
その誰かを知らぬわけではないが
それもまたあざとい真昼の夢である

中年の酒

中年の盃は冷えてテーブルに粘る
数日後の仕事の段取りなど
するりとやりとりしながら舌を鳴らす
わいせつな手付きも退屈な肴で

性器よりも消化器の具合が心配なのだ

風邪をひかぬように備えは万全
いつでも夜風のなかにでていける
家族の巣は大事だから量は控えておく
わたしたちの夢の時間は
いったいどんな街角で終わってしまったのだろう

タクシーは不意に路地を抜け
おお　うす汚れた中年のクラブに着く
かつてのナンバーワン小ぶとりのママよ
冬には冬の身支度をすればいいというものではない
黄ばんだ壁紙ならば灯りを落とせ
ごちゃごちゃと店に物を置くな

わたしたち中年はそれぞれ
まんざらでもなさそうにグラス傾け
カラオケも数曲

けれども耐えきれずに席を移すのだ
それから「ヘレンのバア」で
高い酒を少量舐めながら
孤独な舟を漕ぎだすというわけだ

ああ　このころには異性もなく
ただもたれあうだけの肩を寄せあい
夜更けの街を運ばれていく
ときめきの時間を横目に
辞めたい話などなだめながら

無事な家族の庭先に
その夜の酸っぱいもの吐き出し
具体的に吐き出し
まっすぐに明朝に潜り込んでいくのだ
よかったね

春の人事

嘘ですよお
ことばなんて信じていちゃあ
アタシタチのことなんかわからない
耳障りなことばの列が
呼び止めるには早い足取りで
軽やかにすり抜けていった

ことばは単に
アナタとワタシを区別するもの
身振り手振りに近いもので
意味はずっと後から申し訳なさそうにやってくる
そのときには
化粧を直したアタシタチは
きちんと仕事についている

窓の外を眺めるふりして
若い会話をつなぎあわせても無駄らしい
冬型の気圧配置が奏でる
風の街のリズムに身をまかせて
中年の身の振り方を考えてみる方がマシというもの

春の嵐だが
何故かもの哀しい自己主張が
仕方なく企業の端にひっかかっている
そんな風景にみえるのだが
これもたぶん嘘なのだろう
アナタに伝えることばが不要なら
書式に従って名前と印を置いていけ
それで処理は済む

冗談ですよお
どおしてマジにとるんですか
ホントにわからないんだからあ

やりますよやればいいんでしょお
ことばがあそびで
あそびのことばで
その他いろいろなのだと言い張っても
春だから今度は駄目だよ

辞表

辞表を受理するといってもすでに
あらかたの問答は済んでいるので
しばらく頬杖をついてみるだけのこと
二十二歳のローン地獄にはお手上げだ
自分の昔になぞらえて
いくばくかの援助をとも考えたが
そんなことで保つのも数ヶ月
握れば一晩で使い果たす金銭など
それだけのものでしかあるまい
給料はその日のうちにローンで消えて
なお数万円が足りないという
それでも飲み歩いていられたのは
稼ぐより先に覚えた金の引き出し方
天才の手口を教えろと
すっかり中年の管理職が訪ねれば
運転免許証一枚でにっこり貸してくれるところが
まだ六社もあるとうそぶく
行き詰った大口ローンの返済は二十六歳までというから

立派すぎる

それが一年間薄給に甘んじていたというわけで
こりゃあ申し訳なかった
はした金をえらそうに渡していた自分が恥ずかしい
ときには叱りつけていたのだからなおさらのこと
辞表などださせて恐縮というもの

たぶん一発逆転もあるのだろう
その歳で賭けたことのなかった自分には
分からないだけなので
いつものように受け取っておこう

ぶぶっとすれちがっても
挨拶を送ることはないぜ
見知ったもの同士が視線を外しあうのが
変に唸っている就業の昼だから
その時間にはきれいに前を向いて
どこまでもすれちがっていようぜ

若いヒト

どこかで泣いてるらしい
春だから思い違いもあって
それが笑ってるようにも聞こえる

若い春もそれだけのこと
誰かがいなくなるのもいまさらのことで
みんなおじさんやおばさんに
なってしまうのだよ

私はいつからさまよいを止めたのか
どんな影とも巡り会えなくなって
ただ眠りこけていた歩道橋の下を
時代というやつはくぐり抜けていった
そのとき古い月がでていたというわけだ

どこかで泣くのも骨の折れること
誰にも似合わないのが現在
苛立ちもすぐにクズになる
そんな数ヶ月を駆け抜けているだけなのだが
いつもそこだけが現在なのだ

私たちが

私たちになれるのはそれからしばらく後のこと
あの古い月に照らされて
非常に稀な再会の夜に恵まれなければならない
アテにできることじゃあないのだよ

私を実らせて腐らせること
平然と人を見送りつづけること
そんなバランスが
予感のように若いヒトに降りかかる日
彼らは紛れもなくうつくしい

前橋

ささくれた顔して
酒
にぎやかなロクデナシが
次々に立ち上がる夜の酒場だ

おれの背中に藪が生え
悲鳴をあげている耳のうしろに
銃を構える男が立つ

こうなったら
いけないなあ
おそろしいことば吐き散らし
おれは藪の中にもぐりこむ

狭い階段を昇り降りするとき
都市の偽善がふてぶてしくて
つつましい暮らしが許せない
ケダモノに思想がいらないなら
お似合いの一発をくれてやるぞ

しょぼくれた顔して
酒

そんなことで短い夜が燃えつきた
もう帰ってくれ
看板だあと灯が消えて
おれは広瀬川のベンチで気絶している

朝まで藪は騒ぎ
おれは負けているのか
血のりべったりの刃物洗っているのか
とにかく荒寥とした夢のなかで
一人芝居を演じているらしい

なんてザマだ
なんてブザマな夜だ
悔しくて
生霊引き連れて
まだおれは飲んだくれている

ぼくたちの時代ということが

ぼくたちの時代ということが
山脈の向こうを越えていきそうで
すこし悲しい

あそこにあるのはびしょぬれの時間で
本当のことを言えば
あの日に帰りたいなんて思わない

むこうみずで不敵な街角を
つるんで駆け抜けた
やはり走るってことが不思議でもなんでもなかった

紫荘ではカンちゃんが
ゴミの中で眠り
ハマダは西口公園のベンチで眠っていた

ぼくはおぼえていることを
センチメンタルに伝えたいわけじゃあない
あばよといって別れた池袋駅北口

あのあたりから地方の時代が始まり
ぼくたちの時代のガメは晴れていった
とても恥ずかしい青空の下にいたのだった

なんだかたなびいていったのだな
そんなときはなつかしくて
手を伸ばしてみたくなったりした

そういう気持ちはいけないよ
今日を生きるのが
勤労者の務めというものさ　なんてね

ぼくたちの時代ということが

だまってはたらいているうちに
あんなに遠くにいってしまっているのだ

これはいい眺めじゃあないか
もうすぐたそがれて
何もなかったということになるぞ

水辺の机（一九九八年）抄

ほろびば

では御辞世を
これは病気だな
余白の方からうながされて
おれは筆をとった

習字をやっておくんだった
これが絶筆だなんて
恥ずかしくってさ
必ズ燃ヤスコト
と　但し書きを付けておくか

地下の手術室へ運ばれていくとき
手術着の下が丸裸のせいばかりではなく
ふるえがとまらなかったことを思いだす
六時間も身体を切り刻まれていたことを
まるで覚えていないのだから残念だ

生き方は死に方にござるぞ
おお　そうであったか
それがこの場とは
もすこし時間はあるまいか
無い

死神ってのは
やさしい顔しているな
この世の友人知己が
もう駄目だと囁き合っていて
その気配のはざまにきれいなお姿

下手な芝居をね
何度か繰り返して

どの幕でおしまいなのか
一介の大根役者には分からない仕組み

では御辞世を
うるせえなあ
この前のでいいじゃあねぇか
あっ

水辺の机

はやくしないと
捕り逃がしてしまうよ
囁きの聞こえる日
机の下あたりで
魚のごとき獲物がうごく

そんな時だ
めったに鳴らない電話が
けたたましくとびはねるのは
詩人某のていねいな挨拶が
いや　少々きこしめしておるな
先だってはどうも

おれは水辺のしたたり
そのしぶきを
何故かさとられまいとして
返事がなまなのです
ちょっと失礼であるな

本当はそのまま
いましがた泳いでいたものについて
ぬるぬると話し始めても
よかったのだが
もったいない気がしたのだった

それじゃあまた
ぴちゃっと電話を切って
しばらく茫として
机のあたりを
そっと探ってみたが
水草が生い茂っているばかり

よるべなく

生きているから
何とかしようと思って
降り積もった雪をかいた
やがて消えてしまう
大量の重みを

それで終わった一日は
恥ずかしいほど身体が喜んでいて
日記もつけずに寝た
こんなことで
よかったのだろうか

誰をもとりこにする
神様からのことばなんて
その日も降ってはこなかった
夢のいくひらかが
舞ってはきたが

立ち上がるだの
突破するだの
殲滅するだの
いさましげなことばは嘘でした
ただ生きていることだけを望み
望まれていることの驚愕

世紀末だからといって

とびきりの快楽があるわけじゃない
殺したての魚を食べ
殺してほどなくの獣を食べ
穀物や果実で造った酒を飲む

生きているから
しみじみと美味しい
平和で善良な暮らしをまっとうし
かたえを駆け抜ける殺人者を畏れる
この
よるべなき日

朝ごはん

ほんとうはどうであったか
あの世に確かめにいけないことは
よいことだ

おれは生き延びて
ほんとうはこうだったのさと
伝えてやろう

夭逝のチャンスは去った
奥歯は抜け
シミは拡がり
イボまでできて
ナルシストとしては辛い日々だがね

ここらあたりで
風に吹かれる向こう向きの
洒落た男の姿が欲しいが
いない
キミガソウゾウセヨ

一頭のゴールデンレトリーバーが
野の道に立ち

空を征くヘリコプターを眺めている
とりあえずこの世は
このようにある
ヘタナシャレダ

おれより先に逝くなよ
温厚誠実な人柄などとみくびって
ほんとうはこうだったのさ
という内輪話は洩らさぬことだ
オレガミンナネジマゲテヤル

やがてお別れするひとたちが
おおきな神様をひきまわしているが
いったいどこへ連れていこうというのか
目覚めよきみ
朝ごはんの時間じゃないか

酒指南

酒場で甘酸っぱいものつまむ
これはいつかのオレタチが
やるせなく呟んでいたものに似ている
けれども
そんなことを言ってはつまらない

真新しい退屈が分からない
匂い立つからだはいつも
遠いところからきた欲望のかたちなのだが
たぶんそれが
たいらな酔いを拒んでいる

マスターのケンちゃんはミュージシャン
バリバリのサクソフォーン吹きだった
らしい

興がのれば目付きが変わる
すこし悲しそうなミュージシャンなのだ

小さな酒場で肩寄せ合って
むかしのめろでぃを聴いた
こんな眺めはうそっぱちだから
安いカメラに収めてはいけないよ
そのなかでふるぼけてしまっていいの

どこかの酒場でオレタチは
シミやヨゴレとなって忘れられている
そんな時代はそれきりのことで
なあケンちゃん
愉快なときもあったよなあ

ぞろりとおもいでが顔をだすと
気の合わないたまり場がみえる
だから

この甘酸っぱいものは
批評してはいけないものだ

野菜屋

ひばりちゃんはカウンターの奥で
鼻から煙を吹いた
化粧面がオトコになって
ひかる目線は商売にはまずいのだが
こう景気が悪いとねえ

カズちゃんがあぶなく酔って
どこまで乱れてしまうことやら
女連れなんて本気じゃねえな　あいつらは
だから
下品な色気をだすんじゃないわよ

前橋も長くなった
ひばりちゃんは着物の裾払う
マニキュアの指がそこを切った
そろそろ潮時かな
この商売

カズちゃんは若いから
いいオトコがくるとはしゃぎすぎ
足が自慢のミニスカートは
なまぐさいわねえ
そっから出すんじゃないわよ

そろそろショータイム
パセリちゃんが準備ＯＫよ
と
真っ赤なくびるを歪めた
アタシタチの晴れ姿
さあ　ぶったまげないで最後まで観るのよ

「よろしく哀愁」ガンガン鳴って
黒い下着のパセリちゃんから
勢揃いのフィナーレまで
口開けて観てらっしゃい

途上

まあ　ひとなみにと
応えている自分だが
この世の水面に
かろうじて浮いているだけで
分かるのは
それぐらいのことだ

誰だって一生懸命ですよ
通りすがりの詐欺師が
にこやかに話しかけた

おれなんか商売にならないよ
そんなことは分かっていますよ
いい夕焼けじゃあないですか

稼業なんてやつも
たまたまのことで
仇を数えたらきりがない
だまされるやつがまぬけだよね
そういうおれだって
胸の痛む仕事をしてこなかったわけではない

どんな正義にかぶれたんだったか
とぼけなさんなよ
いつのまにかうしろには
うらみのひとかたまりもいる
言い訳はできないさ

この日も途上だから

おれのまわりに誰かがいる
抜き手を切って
泳ぎ着きたい岸があったはずだが
あっちだったか
こっちだったか
ぼんやりと占ってみる始末なのだ

気懸かりなこと

この空しか呼吸できないから
死んではいけないと思う
ちょっと下痢がつづいていて
ゴルフなんかしていて
よいのかしら

誰だって毎日が命懸けだから
年寄からお先に

ということにはならない
せめてあの人の享年よりは
生きようという目標はある

はじめての道はいくつもあって
デジャビュがおこるのはそんなときだ
ここまでは約束されていたのさ
ほらそこを折れると
小雨に濡れた国道がみえる

暗雲を突っ切って
雨のち薄曇り
なにげなく疾走しながら
ひとりだから黙っている

負けることなどなんでもなかった
誰かがヒトは管のようなものだと言ったな
快食快便こそが笑顔をつくる

さびしくもおかしくもないが
まだプライドみたいなものがあってもいいなあ

おさまりが悪いだろう
ひとりで生きるわけにはいかないからね
用心はしているが
うまくいくとはかぎらない
やがては死ぬのだけれど
気懸かりなのはそのことではない

廃屋にて

さて
楽しい夢の話はおしまいだ
榛名の廃屋で
おれは
ちっとも成長しなかったおれと

さしつさされつ暮らすのさ
人は遠くをあゆみ去るもの
あるいは
輝く風景を車体に映しながら
軽やかに疾駆するもの
そのように美しいものだと
思い知れ

なんでいまさら
破産した屋号をかかげてさ
どこにもいない黄色い嘴の
はぐれ鳥を呼び寄せようというのか
まいにちまいにち灯りをともして
餌撒いて

ある日
きみはうす汚れたコートを纏って
昭和の闇のなかから現れる
なぜだか分かんねだろ
あんたの客はみんなこっちで飲んでるのさ
ついてはこれがご案内だがね
きみはガリ版刷りの紙片を差し出すと
一陣の風となった

新しい夢ってやつは
ずいぶんと古ぼけていやがるな
これが最新ウインドウズ搭載
刻々と書き替えられる現在の
真の孤独というやつさ
訪問者無し
いや
滑稽なやつがいつも一人

大人の日（二〇〇三年）抄

天使のいる時間

最初の一行は
誰がくれるんだっけ
仕込みを終えて
コーヒーを飲みながら
ゆっくりと煙草を吸い込む

それは午前十時半頃
太陽の位置と
自分の気持ちがなかよしで
まだお客さんは来ない

今日も禁煙法の記事はない
空想撲滅運動も起きてはいないようだ

大きな記事を読み落としながら
小さな名前を拾う
人違い？
だった

至福の時間は二十分以上四十分以内
うまくするとその間に
天使の数羽は舞い降りる
チャンスを逃がしちゃだめさ

そうだなあ
カウンターに座り
二本目の煙草を吸い終えて
もう一度あたりを見回して
さあてと

ぱたぱたと天使は飛び去り
この日最初のお客さん

Yさんが
さわやかにドアを開いた

大人の日

あっヤスダセンセー
生涯の最初に
あらわれた先生は
ヤスダセンセー
私というものが
ぶるんぶるんの脳のまっさらなどこかに
初めて刻みつけた
女の先生の名前でした

それがそのまま
美しいおばあちゃんになって
あなたを知っているような気がします
なんて言うなんて
大人になるのも素敵なことだな
と思ったよ

相馬幼稚園がどこにあって
どんなおゆうぎをしたのか
思いだそうとしてもムダです
それから覚えたことなどが
四十五年分ものしかかっているので
都合良く押しつぶされて
嘘のかたまりになっているはずですから

ヤスダセンセーは
まぶしそうな大きな瞳で
私のようなものを見つめ
なんだか世界は
とてつもなく明るくて
一枚の白黒写真のなかで

そのとき
ヤスダセンセーだけが
大人だったんだと
いまは分かっています

キネマの夜

閉店間際の雨を気遣ってか
コーヒーを一杯飲ませてちょうだいと
Mさんからケータイが入った

まだお客さんがいて
静かな椅子が用意できるか心配だったが
不思議と皆引けて
Mさんだけを待っているお店になった
イングリット・バーグマンみたいに

おもいつめたそぶりで
夜中のドアを押し開く
何かあったに違いないけど
話すもよし話さぬもよし

もちろんおれは
ハンフリー・ボガードじゃないけど
ふるくさいシーンは大好きさ
恋と革命以外に賭けるものがあったかね
そんな話をするでもなく
Mさんは静かにコーヒーを飲んでいる

なんだか反省しちゃった
ずーっと昔のことなんだけど
そんなに経ってもいないのに
ときめきだけがどこかにいっちやってるの
どうしちやったんだろうあたし

おれは犯罪者風に煙草をふかし
決して再燃しない恋物語を聞いている
半世紀も生きれば十分さ
もう取り返しのつかない時間の彼方に
あらゆるチャンスは消え去った

そうMさんに言ったわけではない
おれたちはカウンターを挟んで
それぞれの想いに浸っただけ
恋でも革命でもない
ただ
しきりと吹き荒れる荒野があって
そこにいるような気がしているだけなのだった

小春日和

ここで暮らしていると
分かってしまっていることが
おす
とカウンターに座る
まいど
なんて素っ気なく応えているおれは
これでよかったのだろうか？

人生はいつ終わってしまうか分からないので
なるべく身軽になろうとしているのだが
じゃあね
こんな日溜まりでならいいけど
そんなわけにはいかないだろう
さよならの日は

分かっていることは
あそこで稲藁をかたづけているのは
おれを生んで育てた両親だけど
彼らにも都合はある

おれを見送る準備だけはしていないだろう

つまらない詩を書き続けるうちに
いつしかその気になってしまった
勘違いで五十歳まで生きてきただけかもしれないな
客が一人でもいれば仕事中だが
こうして窓の外をながめているおれは
ずいぶんと能なしに見えるじゃないか

もう西に陽がかたむいて
榛名がさみしい稜線を描いている
ずっと前から気にかかっていたことが
今日もそのままかたづかない
声にだして何か言ってみる
全てはたいしたことではないらしい
次は一人で笑ってみる

貨物船——追悼・辻征夫

それは巨大な貨物船だった

こう書き付けてから半年後
ようやくその真っ黒な船が
いずこかへ出航するのだと了解した

この山のような停泊のあいだ
この世のうつくしいものだけが
ひっそりと積み込まれていた

それらは見えないものだったので

奥様はもう
何度も見送って参りましたと
丁寧にこうべを垂れるのであった

死神がむこうからやってきて
やあ　と手をあげる
出会いが別れであるような
抒情詩という惨劇をどうしましょう

夜の孤独な波止場で
貨物船は
自らを見下ろすほどに巨大になる

恐怖はどこにも印すまいと

真一文字の口元を推敲した
いや　そんな痕跡はあとかたもない
寄らば斬るぞ　野暮天め

眼は大丈夫かい　船長

或る夜
満月に導かれて愉快に
酔いどれ貨物船は出航する

積み荷はうつくしいものばかり

ならずもの

おれの好きな男は
たとえば海が好きだが
そんなことは言わない男だ
独りで行って独りで帰ってくる
なに　ちょっとそこまでね

銃刀法があるからには
偽物だとてトカレフや村正を
ちらつかせるわけにはいかないから

それもこれも腹におさめて
ゆらりと暖簾をくぐる

昭和のサムライたちは
人に出来ておのれに出来ぬことがあろうかと
ビスというビス　コネクターというコネクターを
ためらいもなく取り外す
それから先はお手上げなのだが
さて　どうする

修理不能ならば二束三文
どころか粗大ゴミ
おのれ　拙者の負けじゃ
などとは言わない
シガレットをゆっくり二本ほど吸って
はぐれ雲など眺めているのだ

ばかばかしいったらありやしない

なんでも出来るはずがないじゃない
あんたはみんな壊しただけよ
自信過剰もいいかげんにしてよね

おれの好きな男は
女房にこんなことは言わせないが
実のところ大変に傷つきやすい
サーカスと一緒に消えてしまおうか
口笛吹きながら
あばよ　ちょいと出かけてくらあ

まぶしい朝に

きみは何処からやってきたのか
まるで初めて出会った風のように
なつかしいきみは訪れた
けれどもきみは人ではない

人であったきみのようなものだ

わかるだろうか
そのときどきにすがりついたなんでもないもの
それがきみです
科学的でも心霊的でもない
なんでもないもの
それがきみだなんて

まぶしい朝に
きみは瞬間を置いて行く
人生はそれだけで救われるというものじゃないけど
それだけで
人として一日は過ごせる

うつ病ですよ
もしくはその前段階
朝の診察室にきみはいて
はたはたとカルテをそよがせる
生きていてくださいね

うそつきであこぎな商売人
きみはその傍らで
液晶の輝きとなっている
利潤というもののなまぐささに手をつっこむとき
きみはとてもやさしい

きみは遠い記憶のようなものか
あるいは夢のなかで書かれた一篇の詩のようなものか
わかるだろうか
朝を感じるとき
理由のように訪れているもの
それがきみです

あむんばぎりす（二〇〇六年）抄

ここに居ます

まるで二十世紀の難破船のように
おれは榛名山麓に漂っている
錨は重く大地に降ろされているが
どのような理由によってか
炎天下でもないのに
おれの姿はゆらゆらと揺れて見えるだろう

田園の影が静かに移動して
クスノキの葉はさわさわと渇く
昔書き付けた一行が窓辺に訪れ
おれの姿を覗いていった
それはこんなものだ

おまえはおまえの理由によって生きよ
客観的には棺であろうか
「瞬間の王」が死んで久しい
理由もまた衰えて凡庸な屍となろう
いやいや
もっと分かりやすく具体的に
おまえは西方に出現したのではないか

おお、甲板を打ち鳴らすあたたかい雨よ
時代遅れの抒情詩を唄え
もうすぐ死んでしまうんだ
おれば巨大な
榛名の難破船だぞう
と
いつかなにかのついでに言っておきたかったのさ
この半世紀は間違い
その前の半世紀は予感にすぎなかった
これからの半世紀は

もうおれのモノではないさ
そんな風におれは揺れているのだよ

＊「　」谷川雁

花と男

女が花を持ってくると
男は仕方がないので
水をやる
人間のこどもよりは
手がかからないが
水だけは欲しがる

それくらい何よ
と女は言う
たしかにそれくらいの時間は
たっぷりある
実際枯らさない程度には
やっている
なのに女は
一日に一回やってきて
ほらほらと水をやる

男にだって好みはある
花だからといって
みんな好きだとはかぎらない
だが女は許さない
あらあらこの花かわいそう

水をやりさえすれば
いいというものでもない
忘れるくらいが丁度よい
というやつもいる
そんなことも知らないの

と女は怒る

人になぞらえれば
花って恥ずかしい
満開の生殖器でしょ
男はそう思ってもみるが
女には言わない

昼の仕事

日なか
あらゆる労働力は
でかけている

失業にもいろいろあるが
しばらく彼を見かけない
長い休暇ということもある

いまのおれは
仕事中だが
お客はまだ一人も来ない

エプロンをして
煙草をくわえ
うちがわからドアを開ける

朝から
いや　毎日毎日
おれを監視している樹木を見る

ぐるりと
お店をひとまわり
なるほど　これがおれか

いい気なものだ

詩は余暇にやるもの
そこで夢でも見ているがいい

そうさ
これは誰かの夢の中
あんなに人が遠くに見える

二〇〇〇年・夏

七十五歳の父が
陸稲の草むしりをしている
夏の一日
餅米と言って
自家用の他は
煎餅の材料として
千葉の業者が買いに来る

生産者というのは
畑の中で見え隠れしながら
ときおり汗をぬぐう者
地味だが今日という日を生きている
同い歳の母が
浅鍬を担いでやってくると
黙って南瓜の草を掻き始めた

五十歳の息子は
冷房の効いた窓辺で
二人のこの日を見ている
お客さんを待つのも仕事だが
こちらの仕事は一目瞭然なのだ
するすると一台の車が駐車場に入ってきて
ゆっくりと
向きを変えて出て行った

畑の中の二人は

ちらりとその車を見やったようだが
一連の動作にすぎなかったかもしれない
少し風があるのか
稲穂が青々とゆれていて
宮晶寺の山の上に
巨大な入道雲が湧いているのが
見える

閑古鳥

まあ　こういう日もあると
穏やかに戸締りができるのも三日
四日目の三時過ぎまでひっそりと
お客の来る気配もないとなれば
もう腰が落ち着きません
急に冷え込んだ陽気のせいか

はたまた悪い噂でも駆け抜けたか
もしやあの一件が
などと
考え始めてしまうのですね

すると
窓の外の木枯らしが
お店の窓をぴゅるぴゅるとこじ開けて
土足で踏み込んでくるみたいで
それはもう茫々たる風景

こういうときは
売り物のビール一本
ぐいと飲んじゃう
榛名に沈む夕日を眺めながら
さて　どうしたものやら
ふと見ると　よくある馬鹿らしさが
そのあたりにゴミくずみたいに

ちらかってるだけなのだった

幸せってやつは
ほんとにどうにもならないなあ
うっとりとうらぶれて
昼から酔うておる
閑古鳥と戯れておる

世間

四人がけのテーブルが五つ
カウンターが五脚
つまり
一度に二十五人のお客さんが座れるのだが
回転率などと
ときたま考えてみることがある

営業一筋（それしか仕事がなかっただけだが）三十年
おれさまの見立てでは
おはなしにならないね
道楽者のお遊びということ
この規模ならば最低三回転させなければ
経営者失格だわな

それが
おれの店なんだからあきれたね
この世は利潤追求なんだと
清く正しく世間は納得してる
反論の余地はあるまい
おれさまよ

ここでは
赤城山から日が昇り
榛名山へと没してゆく
それが一日

そのあいだに一回転もおぼつかないとなれば
少しは傷ついているのさおれさまも

けれども
狼のように獲物を狙った日
あの不敵な行いの報酬として
かすめ取った利潤の苦さ
その匂いというやつが
どうしても誇らしく思えなかった

ならば
いたしかたあるまい
おれさまよ

人嫌い

セールスマンをやるしかなかった
学歴や職歴の辻褄合わせがめんどうで
その都度書くには書いたが
履歴書なんて嘘だらけ
もちろん空白の時間などなかったのだが

人を信じることのできない陰気な男
それがおれで
たぶん見抜いている人は少ない
でもそんなことはたいしたことじゃない
きみは
きみの真価が問われるときに
きみ自身を本当に信じることができるかい

損得勘定が全てだなんて
思わない
なんて言わない
そんな昔のことじゃなく
平気で残飯をあさっていたんだおれは

腹がへっていて金がなかったからね

いい歳になってから軽蔑されたくはないけれど
してきたことが全て正しいなんてことはない
きみもいっぱしの悪党なのだと
たまには気付いたほうがいいぜ
だからふらふらと
巷をさ迷う人が好きだ

人が好きだからこんな商売をしてるんでしょう
おお　しめた
おれも少しは商売人になったか
実はまるで反対で
人嫌いを悟られたくないからなのだが
もちろん見破っている人もいる

人が嫌いだと言ってみても
もう世界は凍り付かないし誰も
気にも留めない
ほら
あそこを軽やかに駆け抜けていく
今日という日はああいうものだ

いま為すべきこと

ひととおりの仕込みを終え
食材のあれこれも不足はない
あとはお客さんを待つばかり
なのだが
どうも誰もやってくる気配がない

長年の（まだ六年だけど）
経験から（あてにはならないけど）
こんな日は
何か別のことをした方がいい

さて
客待ちではなく
もう一つの仕事をしようか

それは為すべきこと
このごろ古い映画のなかで
向こうを向いているおれの姿が
決してふりむかない影のように
見えてしまうのだ

文字を書こうとすると
指先は速く速く走り出して
言葉になろうとしない
書くべきことなど
もう何もないのだろうか

食品衛生上の配慮が
少しあって
営業中に土をいじるのは
その後の手順と気分から
ためらってしまうのだが

こんな日は
お店の周りの草をむしるのが
おそらく正しい
だから大粒の雨が降ってくるまで
黙って草をむしっていたのだ

ういりあむ

キャンプ・ウェアー
その砂塵舞う極東の基地に
彼がやってきたのは
いつのことか

榛東村誌によれば、昭和二十一年四月十一日から
昭和三十三年六月九日まで、旧陸軍相馬ヶ原演習場
は米軍に接収されている

昭和三十二年一月三十日ジラード事件起こる
同年三月三十日桃井村と相馬村大字広馬場合併

歩いてくるのは小学校二年生のおれだ
うつむいているのは
地面に映る自分の影を見ているからだ
ゴム草履ぺたぺた
頭をふれば愉快愉快

そのときたぶん
ウィリアム・S・ジラード特技三等兵（二十一歳）は
米軍籠原キャンプ憲兵隊に拘束されていた
占領国のうるさい弾拾いの女を撃ち殺しただけじゃな
いか

なんでこんなところに

店んちの長い塀の前で
竹の物差しを抜いているのはおれだ
西日に映る影法師は少年剣士
物差しの切っ先の尖らせ具合が難しいのだ
とおーっ

アメリカ本国では身柄引き渡しを拒む運動が起こった
彼の兄は米連邦地裁に人身保護を求めた
八月二十六日前橋地裁審理開始
十一月十九日判決懲役三年執行猶予四年
十二月六日公判中に結婚した日本人妻を伴って彼は帰
国した

ういりあむは
八ノ海道の交差点を何度行き来したのだろう

ハルは何故
同胞を射殺した米兵と結婚したのだろう
新店におつかいでお酒を買いに来ている
物静かな黒人将校がこたつでウィスキーを飲んでいる
何か貰っているのはおれだ
一升瓶をかかえて大急ぎで帰るところだ

最終電車で

真冬の鉄橋をひとつ渡ると
東京から離れる
だがしばらくは同じことだ
濃密に首都の疲労を背負い
一駅ごとにそれらが席を立ってゆく

しゃかしゃかとっとこぶわあー

じんじんごとごとぷっしゅー
鉄路の上を電車が走ってゆく
ローカル線快速電車は
あの日の急行電車と同じなのだった

まっしぐらに高架を弾丸列車が走る
それならわずか二駅
一時間以内の通勤時間のこと
望郷ってやつは
こんなもんじゃなかったよなあ

もうひとつ鉄橋を渡る
があたんがあたんひゅっひゅー
たんたんしゃかしゃかぽっぽー
ここからが故郷というところだが
実はどうでもいい

どこで暮らしてもおなじこと

おれは怠け者の酒飲みで
うつくしいものには縁がない
黙って最終電車に揺られていると
このまま消えて無くなりそうで
ちらっと家族のことを思った

あむんばぎりす

ようやく角の取れてきた男が
ふらりとやってきて
カウンターに座った
昭和も半ば過ぎまで
鋭い目つきをして
巷に敵を求めていた男だったが
メッキが剝げたかね　なんて
まだ何かのついでに言えないいな

みすぼらしくなったのは
しこしこと研いできたはずの
明日と
そのために費やした月日だったと

あむんばぎりす
ことばにならないもの
ついに
そのようなものとして立ちつくすのか
意味のない独り言だと
聞かぬふりをしておいたのだが

そうつぶやくと
男は
普段と変わらぬ会話に戻った
たぶん
いまのこの日とこの時も
男にとっては大いなる誤算なのだろう

では訊くが
きみは
ほんとうにこのよのへんかくをめざしたのかね
男はかぶりをふって笑った
マスターも青臭いね
なるようにしかならなかったじゃねえか

なるほど
あむんばぎりす
ごきげんよう
午後の日差しはうなずいて
きらきらとわたしたちに
何かを投げ与えようとするようだ

ぎりぎりす

それで
皆煙に巻かれて
黙ってしまったのだけれど
確かに
言葉は立ち上がるときがあるのだった

いま
おれの前に座っている男は
どんなひとことを選んでいるのか
いや
流れからいえば
彼はおれの言葉を待っているはず

そう思うと何も言いたくないのだが
もう洗い物もなくなってしまって

そちらにむき直すタイミングだから
どんなご商売ですか?

気持ちが合えば続きがあるが
向こうが全然違う向きにいれば
何か音声がどこかに跳ね返っただけのこと
え

いや
何でもないです
その男が何者であっても
新聞を広げてコーヒーをすすっている
それだけでいいではないか

ぎりぎりす
不意にどこかで声がした
おれのでも男のでもない声が
そのとき

二人しかいない店のどこかから聞こえたのだった

おうめむま

ぎしぎしと
生涯は音立てて
下り坂に向かおうとしているのに
このいかれた自転車みたいな
肉体

詩は人生訓なんかじゃない
同じように
崇高な学問でもない
あっ
ちょっと待って

やるせない宵に

ゴミ袋蹴上げたい衝動があるでしょう
そんなものかな

いまあるものすべてが不満
それをね
年相応にぶった切ることです
ここ肝心ですよ

寝言だけど
寝ずに考えること
全く肉体は確実に消耗していき
朝は不機嫌

難しい言葉は
難しいもんだいのためだけにある
一緒に死のうよ

呼びかけては
ならない
宗教のように
ちりばめてはならない

さてどうする

あまめまめの

ゆりかごはいけません
さぞ心地良きものに見えて
そうでもない
ぶらんこも
目をつむってゆられていると
世界中がたよりなくなって
吐き気がした

巧みに転向したわけじゃなければ

何かをかぶっていただけのこと
撃ちゃあしねえから
こっちに来いよ
シネマで観た安藤昇*の
頬っぺたの傷は凄かったな

昭和の真っ只中で
ともだちは言った
ケンカが強くなきゃだめだ
一緒に柔道をやろうぜ
同意したわけではなかったが
やった

ささえつりこみあしの名手
大井恵夫四段*が
そのときすでに歌人であったかどうか
知らない

あまめまめの
中野警察署
用意した偽名は問われなかったが
女の度胸には驚いた
よしだくん
いまなにしてる

*元安藤組組長・映画主演作・六〇本
*短歌結社「地表」元編集代表・故人

あぶあぶ

死に神が腰掛けているような
鎌のかたちした月が西の空にあって
もちろん夜明け前
ふわふわと家々をかすめて
飛んで行くのはいいものです

ぼくはそのときどこにいるかというと
自分の家の
妻の寝ているシングルベッドのとなり
やや硬めのセミダブルベッドで
どんな顔をしているのやら

まあ　お互い
はっきりと見つめ合ったら
事態はややこしくなってしまいますから
知らぬふりして
飛んで行きましょう

みんなこんなに無防備に
この時分には眠りこけているなんて
空からぱらぱらと毒撒いてやりましょうね
もっとよく眠れますように

詩は真面目な冒険の一つです
ときどきこう言っておかないと
いいですか
何も無いということになってしまいますよ
そのように詩は滅びているのです

ぼくがこうして
それだけでは何でもないことを
しているのも
ちぇ
まあ
なまぐさいものほしさですがね

スピーチ

ああ　本当に大切なのは
きみにだけ届く

たった一篇の詩
もちろん
これがそうならいいのだけれど

ぼくの好きな詩人（教えない！）の
詩集を読んでいたら
ただ一篇の詩の
数行だけで
ぼくはこの詩人の全てを
好きになっていることに気づいてしまったのです

理屈はあとから付いてくる
好きって
そういうことだと思わないかい

顔には
その人だけの顔が付いていて
ぼくを

それと分かる時間だけ見つめてくれたら
これまでの全ては報われるかもしれないというのに

ねえ
なんとなく分かってほしいのだけど
そう　そう
すこしほぐれてきたそのあたりの
くすりとしたところさ

ところで
その一篇の詩が
ついにぼくには書けないのではないか
というのが
このスピーチの本題です

さて
いよいよこれからとなるところですが
お時間がまいりました

いいですか
本当に大切なのは
届くということです

どうも失礼しました
これで終わります

晩年

ありふれた生涯でも
その人のそれは誰のものでもない
かの人との違いは
ほんの少しだけさ
それは間違いではないけれど

ああ　おれは
嘘ばかりついてきた

恋と仕事は真摯にするものだ
斜に構えた十七歳の
生意気盛りの白黒写真一葉
さよなら　そして　こんにちは
これがたぶんおれなのだ

よせやい
あのめくるめく青春の日々が
みんな嘘だったなんて
なんだか夏の日ばかりの思い出だけど
そこにいたんだ確かに

いや　たいしたこたあねえな
物陰でオナニーばかりしていた
うすぎたねえけだものの匂い
しっ　静かに
通り過ぎる人はまっとうな人だ

もしかすると
真実も嘘をつく
雲ひとつない青空の下の不安
恥ずべきことがあるのは
いいことだ

晩年は寡黙であれ
万感の想いはむしろ内部へ
静かに満ちていけ
生まれて初めてみた夢
その霞の彼方へ帰るのだから

辞世

もうおれの行き着く先は
ありふれた水辺で
退屈そうな船頭さんがゆらりと
船を回してくれる

そんなに淋しい風景じゃないよ
ちょっと懐かしいような風が
時代を超えて吹いていて
これは悲しさなんかじゃない

おれという意識はいったい
何処で生まれ　何処へ行くのか
ある日疲れ果て
きっとあの夢の中へ墜ちて行く

一度だけ言っておこう
生涯の大事は予見できた
妻よ
だからおれたちは夫婦なのだ

いつも秋風が
いや違う
夏のロックンロールがおれの憧れだった

けれども本当は
みんなですることが怖かった
熱狂することは醒めること
荒涼とした青春の日々よ

嘘だったのだ全て
詩も革命も
そしていくつかの
惨めな恋も

おれが書き散らしたものは
最初から無かったもの
人混みの中の人として
さよならだ

だばだば

感じる空がどこかに行ってしまって
お店の午後はただ
この国の時刻通りに過ぎて行く

かつてあまたの精霊たちが
東の空から西の空へと
透明な衣をなびかせて行き交った

あれは誰かの夢
何度でも蘇る一番うつくしい時代の
廃屋の夢だ
こころよ
それだけが生き残ることができるだろう
思想はついに虚しい

だばだばだばあ
意味不明の奇声を上げて
わたしは周囲を悩ますだろう

いまここから
徐々に関係の糸を断ち切り
微笑みながら遠ざかろう

いつの時代も
黄金ばかりがもてはやされるのは
いいことだ

うつくしいものは
全てを受容するもの
一人で身支度を正すものだ

いざ　まいろうぞ

いまきみはどのように立っているのか

労働者でも資本家でもなく
勤め人でもなく商売人でもない
専業主婦でもなければ売春婦でもない
どのようにも捉えられないものとして
きみは多忙をきわめているが

きみも　きみから見たおれも
どうしようもなく古典的な生き物だと
思わないかい
月夜に空をながめていると
薄雲が様々なかたちをつくる
それは　もちろんおれがつくっているのだが

きみは　おれから見れば
火の眼を持つ少女だったり

うつくしい老人だったりする
いや　ただこの世が輝いていた日
きみは　かならずそこにいた

真理の探究と愛は
富と名声に優るのだと
声高に言うものじゃない
どちらも生涯を賭けなければ分からない
残念だが
やり直しはきかない

うつくしく生きることは不可能だ
恩知らずの恥知らず
生意気勝手の非常識
ばらばらとつぶてを浴びながら
いや　そんなことは屁の河童
生きようじゃないか

いまきみがどのように立っていようとも
そのまま立ち続けることはできない
きみという意識が
それを許さない
常にどこかへ行こうとして
きみも　きみから見たおれも
不意にいなくなる

がらんどう

人生がちょっと向こうで揺れている
ここまでおいでと呼んでいる
退屈な日々だが
それでいいということもある
そう思いなよ

おたがい何もなかったということに

とりかえしのつかない歳月の果てに
気づいたとしても
うつくしい夢をみていただけのこと
それはそれで
ごくりと飲み込むとして

見込み違いがお面をつけて
夜更けに刃物をひからせて
決着をつけにきたとしても
仕方のないことだよなあ
そういう男に出会ったことがあった
ヒトほど怖いものはないと思ったものさ

ある日
こころが壊れ始める
それは自分の中のがらんどう
風さえも吹き抜けない空っぽの
なんにもないところなのだが

もういい

一人になると
その中でおれは
床を触る
天上を触る
それから仕方なくまぶたを閉じようとしたのだけれど

乳茸狩り（二〇一四年）抄

ワタシハ

感情だけが決定するということ
これは後退ではないか
一晩眠ると
新しい一日があって
やはり
幽かな些末な
ワタシだけが確かな
ような
気分が世界に対する虫けらの敵意となって煌めくのを
　感じる

おまんこ
することばかり考えているのは
下品かしら
生き物の営みを記録する映像には
交尾の場面は欠かせない
いやだわ
国営放送の教育番組だというのにあの大きな象のおち
　んちん

露悪的って良くないことだわ
こんなおっきなのがでたわよ
と
妻となった女はときどきワタシに自慢した
マサコサマだってキコサマだって
誰かに知らせたいほどの健康なウンチをなさることだ
　ろう
そうでないと困る

大腸ポリイプを
内視鏡で切除したことがある

ピンク色のうつくしいワタシの大腸の内壁
画面一杯のあおむらさきいろのワタシのポリイプ
おっきいなあ

みっつに刻んで吸い取った
ちっとも痛くないのが怖いね
だからもう
ワタシということにはなにほどの意味も無いのだと分
　かったのだ
非常に痛切に
感情というものが遠い窓の向こうに見えていた

新宿駅新南口

テラスでコーヒーすする煙草を吸うために灰皿持って
雨が少し
パラソルの下
濡れるほどではないが
そこは居心地が悪そうだと見える程度には
降り続けてもらいたいと無表情を装って思っている

二時間
そうしてコーヒーと煙草をした
人を見ていたが見つめなかった
知らない人ばかりで嬉しかった

この店のストローは弾力のある緑色で
外国製の古くさい印象がするがどうでもいい

生業や米国レモンひとつ買う（智水）

焦げ臭いコーヒーだ
胃にずしりとくるので少しずつすする
雨が小止みになって
祝賀会の時間が迫ってきたが

　いいんだ
　ここまで来ているだけで
　出席したのと同じだと思うから
　このまま別のところへ行ってしまっても

やはりビルの間を
ヘンな人が飛行している
うまいなあ
ああして風を切るのか
目の前のコンビニにスポ◎はあるかしら

　　もう何人も立ち去った

二十二歳のぼくは
南口改札を出たところでバイト先の車を待っているだ
ろう

颯爽と

あいつ偽者くさいな
きっと隠れて煙草吸ってるな

まだ植物は丈高く生い茂り
雲は湧いている

朝のシンクの底に
大きな百足がいた

ボクは
そいつを殺した

ひとりで黙って
地球上で生きるためには

知っていることが邪魔になって
腹の底から悲鳴が漏れちゃう

なにかのかけら
なんだなおれは

鋳型のバリ
躊躇わず棄てられる

あっ
言葉なんて

偽善だな
あそこでお別れだ
キミとボク
ウジ虫だったなんて

言うな
言わないよ

柿木坂

なんでもない十代のある日
どこにでもある
柿木坂という坂道を
ホンダCS90のアクセルを噴かして登りながら
ボクは思っていた

今日のボクの若さ
寂しい西日の一瞬の角度も
二度と訪れないことを
グングンと加速しながら
その股に挟んだガソリンタンクの
艶めかしい感触

一人の人格には
万人の個性が宿ると
信じられる人は幸せだ
どこか似通っているだけで
ボクラはボクでしかなかった

瞬く間に四十年は過ぎ
柿木坂もそれなりに
野原の坂道ではなくなってはいるが
西日に晒したボクの顔も
そのように歳月を経ているだろうか

ボクはくるへる
今日を書き留めたかったのだが
十代の観念のまま
言葉を弄んでみただけだった
なんと愚かな

説教臭い詩を
書いてきたつもりはないが
どうにもならない
数百の詩を
ボクは既に書いてしまっているのだ

ごめんなさい

転向論

おもいでというやつはこまったもので
あれほど注意深く除けておいたものが
どこかにくっついていて
ときどき雄叫びをあげようとするんだ
げんみつに
言えば

おもいでのようなものなんだが
おおうそのようなものでもある

死んだ男が帰ってくることはない
夢の中でときおり見かけることはあるが
せっかく会えたと言うのに
呼び止めることはできないものだ
あっ
あの人も死んでるはずじゃないか

書棚の模様替えをして
猿飛佐助は何に化けたのだろう
それにしても杉浦茂はシュールだったな
陰謀論の深い闇から
歴史上の人物が浮かびあがってくる
本当にかれらはかれらの生涯を生きたのだろうか

おれの引き出しの中に
何がしまってあるのかおもいだしてみる
錆びたカッターの刃は確実にあるだろう
救急絆創膏と安っぽいサングラス
古い手帖とその頃の名刺
おれはおれの生涯を本当に生きているのだろうか

おもいでの真ん中あたりに
へし折られた鼻っ柱があって
こころっていうのはいくらですか
それは何の役にたちますか
黙って稼いでいる人たちこそ正しいのです
あっちへ行きなさい
いま忍術の修行をしているところですから

かろやかなあしたへ

ららら

何を足して何を引くのか
ともだちは
窓を閉めきったアトリエで
ひとり
迫り来る
花開く
裏側へとめくられるのを
感じている

旅人は
どこへ行っても旅することから
逃れられない
虹のようなものか
あるべき今は
らあ　らあ

ことばは
本当にこの
ひとだまのごとき
この
わたくしのなんたるかを
ゆわえることができたか

ゆびさきから
少しずつしたたっている　な
脳が
水の中に沈んでいく　な
ひょう
ひょう

あしたが
あかるくみえてきた
ともだちは
窓を閉めきったアトリエで
こちらを見ている

観光旅行

アルハンブラ宮殿の中庭の
大きな木の椅子に座り
少し眩しそうにこちらを見ている男

まだ三十代になったばかりだろうか
グラナダの光と影
隣の椅子に座った女は
顔を背けて柱の影にすっぽり隠れている

アラベスク
菱形の彩色タイル
その上から壁面を覆い尽くす土色の
幾何学模様
イスラムの偶像否定のすさまじさ

レコンキスタ
どちらの側に立つか
この日アルハンブラは
多くの観光客で賑わっていた
もう一人
国籍不明の若者が彼の思いのままに
写っていて
よく見ると
腕を組んだ女の影がしっかりと
よりそっている

このころは
ハイライトを吸っていた
体重六十八kgウェスト八十二cm
視力1・5
ゆるめのパーマネントヘア
濃紺の上下に
グレーのレザーブルゾン

光の中で
その男はこちらを見ている

異界へ

うすぐらい一人きりの部屋で
時代の熱狂と向き合っていた
つもりだった
内向的なテロリストよ

もっと乱暴にアタシを弄んでよ
力一杯やさしく
もう読まなくてもいい
きみはもっと大切なきみ自身の
ことの中に
帰れ

落ち葉焚き
めらめらとついでに燃やしたき文あり
通報された
焚き火は禁止されていたから
もうこの國はお終いだ

どんな戦場にも
つかの間の静寂が訪れるという
あたりまえに煙草を吸っていたきみが
好きだ

時代と寝ない詩を
書こうとしたんだよな
つまり
普遍的な

きみの青春はそうして終わった

生涯を全うしたいと思ったからだ
口角が下がり
手足の静脈が浮き上がっても

意匠を競えばいい
ちりぬるを
そのようにきみはうつくしい
いまぼくはほんとうにそう思う

プラムの木

わたくしが
一人で黄金の時を過ごしていると
異様な音が響き渡ったのです
――まるで9・11のような――

お店の窓は
朝の空気を東から西へと通すため
開け放ってありました
妖精たちがそこをくぐり抜けています

小鳥より大きな衝撃
わたくしが
パソコン画面から眼を反らせた方角に
落葉したプラムの木
もちろん
あわてふためいた鳥影を追った結果です

でぽっぽおが一羽
照れ臭そうに止まったところでした
じっと耐えているようにも見えます
事実
そのまま考え込むように動きません

わたくしは

大丈夫かよ　と
出て行って声かけようかと思いましたが
驚いて死んでしまうかもしれないので
黙って眼の端に入れて置きました

そのままぱさりと
落命するのかしら
あまり見ていると悪いような気がして
わたくしは
衝突現場に行ってみました

おお見事な
翼ひろげた鳥模様
胸を打ちつけながらも反転したようです
——痕跡はただちに消し去れ——

どのように飛び立ったのか
プラムの木には何もいません

わたくしは
出て行って木の下を覗きました
そこから続く真冬の田畑と
静まりかえった青空を

枯れ野の

そこから何故
同じようで違う探偵物語が
始まるのが嬉しいのか
ぼくらは

ぼくらと
組み立て始めた途端
闇のケダモノたちにたちまち
見咎められる

螺旋状に
滅びてゆくぼくの家系
葬儀屋の説く
家父長制

制度には制度の言い分がある
人は
いいですか人は
自分のことだけを考えるものです

野火を放つと
昼間の火は走る
ごろごろと背中で
消そうとするのは正しい
それで事なきを得ることもある

火は走る
しかし
ぼくらの熱狂と同じく
不意にそこで消える

もう
どうしてその火が燃え上がったのか
誰にも分からない
もう誰も
ぼくらという言葉で走り出すことはない

ローマの肉屋

アントニオは生ハムをゆっくりとスライスしていた
ジョゼッペはミンチをひねり出していた
ヴァチカン前の大通り
いつもの夕暮れ時

ボンジョルノ

その外国人夫婦のアメリカ風の
図々しさと善良さ
アントニオは機嫌が悪かった
ジョゼッペはそんなときは
無関心を装うことにしていた

手先をしっかりと見ながら
マリア婆さんは待っている
陰気なイタリア人もいて
そろそろ閉店だというのに
観光客がなんで入って来やがるんだ

ビッラ3本
コリアかジャポネか知らないが
貧乏旅行者め
3ユーロだとレシートを打った
はらりと5ユーロ紙幣を出して
奥方はよそ見をしておる

グラッツェ

そう旦那が言うからには
釣り銭はチップと心得た
ローマの肉屋の肉切る腕が
出した釣り銭摑み取る何の躊躇いも無く

そのつもりであったたか
なかったたか
旦那のうろたえぶりで分かったが
ここはローマだ
用が済んだら帰ればいい
ジョゼッペは黙ってミンチを拵えている

アマルフィ海岸

ティレニア海を見下ろす断崖の

九十九折り
メルセデスの小型観光バスは
黄昏の空へとダイヴィングするかのよう

神は居る
雲間から太陽の光は束になり
海の真ん中に溶ける
あれが永遠というものであろうか

潮の香りが何故しないのか
海藻
干物
漁師の営みが薄いのではないかと
翌日の街歩きで思った

アマルフィ海洋共和国
かつては海からしか近づけなかったという街
口うるさい添乗員から解放されて
われらはその小さな街に散った

アクア・ナチュラーレ
日本人は何故
そんなに水を欲するのか
お土産恐怖症の男は突然便意を催した
走れ！　ＢＲＲＥへ
便座のない冷たい角張った便器に
腐ったチョコレートみたいな
三日分のストレスをぶちまけた

神は居る
しかし紙は無かった
ポーチからテレクラのティッシュを取り出し
ひりひりとお尻を拭いた

顔　が

曖昧に
参加したのですね
ここに写っているのは
あなたですね

偽の記憶をどこまで
事実として否定できるか
(楽しくなければやらなきゃいい)
楽しかったから
そこに行ったのですね

これは私のようで
よく似た私以外の人かも
知れないのではないでしょうか
(あなたである方が格好いいですよ)

赤坂見附付近
この古い白黒写真の
あなたについて伺いたいことが
あるのです

おれじゃあねえな
ヘルメットが違うもの
ほお
それは大事なことですね
違うのはヘルメットだと
(道路工事の黄色いやつだよな)
くっ

ところで
こんなものを見せて
そんなことを確認して
この善良な敗北者に何をしようというのか
(あんたおれを忘れたか)

強化プラスティックの面の奥
おれだよおれ

病人の

いくつも渡り歩いた職業の
それぞれの肩書きと仕事のコツ
慣れればなんでもない
手際のよさとうつくしさ
病人にはそのすべてが疎ましい

退院することだけが目的だなんて
ぼくはもう現代詩の世界にいない
感じることとは分かること
そう信じられた時代は
あまりに短かった

土地への執着は見苦しく
在るべき己との乖離は甚だしく
耳の後ろから次々と戦闘機が飛び立つ
そうだ
ぼくは既に撃墜されていた

先ず机の上に椅子やらゴミ箱やら
床に置いてあるもの全てを
丁寧に素早く積み上げる
ぼくは掃除屋さんだった
もうその技術は通用しないが

悪筆で
何度も何度も書き直しても
下手くそなぼくの文字
どうかぼくの手紙をもらった人よ
すみやかに破り捨ててください

ぼくの病気は
ぼくという病気です
いち早く
こんなものは詩ではないと
あの人は言ってくれたのに

魯迅記念館の女

観光客には擬い物の掛け軸
高価なお茶
きっと観光バスが乗り付ければ全ては違う
間延びした昼前
ぼくらはノーマークの
来館者であった

たぶん
人民共和国の人も
いつもの一日だったのだろう
ぼくらは本当によく似ていて
黙っていても目で分かった
敵意のないこと
退屈なことも

ネスカフェ・インスタント・コーヒー
いいのだ　これで
不器用そうな日本風美人
間違って働いているような
あなた

魯迅は日本の大学で学びました
そして
中国のために尽くしました
中国人周君のことです

驟雨がきて

ぼくらは閉じこめられてしまった
この国の推し量れない時間の中へ
黙って待つこと
雨はいい

あなたに日本語で
話しかけたら応えてくれそうだった
言葉がとても深いところで
身もだえているようで
哀しかった

凧

かなしいものがあそこにあるな

これは一度消されたことばです
よく見れば

あの不思議な動きは
もはや
なにものの制御も失ったひとひらの
なにかのようなのです

つまり
正しいことの何一つ無い
大空の姿勢として
翻弄されているもの
ただそれだけの塵屑と言ってもいいでしょう

凧は
かなしいものではなくなって
蛸のような
愉快な飛翔するものに
なっているのではないでしょうか

おおいタコよ

きみの行いこそ正しいぞ
人は
大きな嘘ほど嘘とは思わない

ぐんぐん正義の味方が
凧を孕んで上昇してくる
ありゃあ誰かの軍凧だ
凧糸がぎりぎりと唸っているじゃないか

自由な蛸は墜落する
想像力は意外に航続距離を持たない
メッサーシュミットbf109よ
バトル・オブ・ブリテンの敗北を見よ
やはりかなしいものがあそこにあるのだ

蛍

その発光する虫の強く弱く
緑色のため息

もと女であった男は
そっとくさむらに手を差し入れ
指先で探る
おしつければちらばりそうで

ほおたるよ
おいで

水の中で光るものは
さわるな

それは蛇の眼
なにしろ闇夜の逢い引きだもの

急いてはならぬ
そっとそっと

濡れたくさむらを
おしわけおしわけ

ぎゅっとつまむと
光りが指にからまり

やったわねやったわねと
指に付着して光る光る

地面にこすればこするほど
光りは指の中へと

闇夜の水辺で指を洗う
ふふふっと蛍また舞った

冬物語

こどもが歳をとっただけの大人は
どうやってこれから
生きていけばいいのだろうね

お母さん
あなたにそんなことを言わせるなんて
間違っていました

いままで聞いたことのない親戚の姓
親子喧嘩の仲直りに
二人で草むしりをしました

あの夏の畑の片隅
ほくほくと、メヒシバ、スベリヒユ
ハグサ、ゴンベグサをむしりました

お母さんのお母さんのこと
とても遠いところで
お母さんが少女であったことの驚き

マツオカ、ハシモト
お母さんに連なる見知らぬ家族たち
お父さんと知り合う以前の

枯野を風花が舞っています
雪国からの吹っこし
これから本当の冬がやってくるというのに

こどもが歳をとっただけの大人とは
私のこと
あなたを叱るなんて間違っていました

そこに座って

青い空を眺めていると
その下に欅の木があって
今年伸びた枝の先が空を触っている
その辺りの葛藤が
生きるということではないかしら

実際にはちらりと
眺め回した眼の縁から
瞬時に取り込まれた画像ですが
無駄な記憶のひとつなのでしょう

面白いことはたまにしか
生きていることのなかでは起こりません

よみもののなかにもほんの数行みつかれば
読んだ時間は報われます
なんと効率の悪いことでしょう

いま邪なことを考えましたね
むくむくと両手をひろげたあの雲のかたち
あれはきっと出雲の神様が
ちぎって投げてよこしたものです
あなたのあさましいかたちに似せて

そこに座っているのは
二十年後のわたくしではありませんか
すると
その隣に座っているのは
四十年前のわたくし

どこかのお爺さんとこどもが
青い空を眺めているのでした

夢の中でこんな詩を書いた

手に負えぬものをきみは抱えて
この丘の上の砦で
おろおろと動き回っている
きみの姿が幽霊にみえたと
覗いてきたものから聞いたぞ

空には鳥が舞っていた
鳥のような飛行機かも知れぬ
きみのこどもが戯れている午後だ
何の不思議なことがあるものか
白いテーブルが空に浮かんでいても

ここには誰もやってこない
隣では妻が
口からながあい夢を吐いている

狐憑きの手首にひやり
睡眠監視員の視線が通る
マスター苦しくなったら言うんだぞ
いい薬がある
相談するのは恥ずかしいことじゃないぞ

詩は世界と拮抗するものだ
そちは身の程というものを知らぬな

おおいサトルくうん
もういいから帰っておいでよ
こんなところで
おれを呼ぶのは誰だ

芥屑みたいな詩ひとつ
どうするあてもなく拾って
帰ってきた

登り窯

ビールを飲みながらでいいから
温度は千四百度辺りを保って
くべてくれ
二晩寝てねんだよ

そう言うと
ケイちゃんは母屋に引き上げた
そっと鉄の扉を開けると
窯は真っ赤に燃えていた
ごつんとした木っ端ひとつ
たちまち発火する

深夜の蚕小屋にのたうつ
龍のごとき登り窯
夜空にどのような炎を

吐き出しているのか知らない

火燃しは好きだった
煤だらけの天井の下で
戦後を生きた若い両親を見ていた
そのころのおれたちは
何もできないこどもだったが

溢れ出せば手に負えない熱さ
炎も己もなだめながら
ビールを飲む
熱い煙草を吸う
顔が火照る

物語ひとつ
くべてごらん
灼熱の向こうに落ちれば
おれたちの人生など一瞬で燃え尽きる

面白えだんべ
一眠りしたケイちゃんが
そのとき後ろで炎を見ていた

東京の叔父さん

夏休みが来ると
叔父さんは帰省した
何をするでもなく
裏庭でバットを振っていたり
ときにはキャッチボールをしてくれた

眼鏡をかけた色白の
その人が農作業をする姿を
見たことがなかった
東京の人だからなのだろうか
全ての事情はこどもには分からなかった

親に言い含められることは
兄弟姉妹それぞれ違う
それが生涯の枷となろうとも
親は言うべき事は言ってしまうのだ
アトハオマエタチデカイケツシナサイ

池袋の改札を
叔父さんとその奥さんは
颯爽と定期券で通過し
あわてて引き返して来た
田舎から出てきた中学生を
置き去りにしていたのだ

東京の叔父さんの住まいは
埼玉県だったが
悲しいほど東京の人だった
その狭い分譲住宅は田んぼの中だったが
叔父さんは全く東京の人だった

後に東京で暮らした五年間
一度だけ叔父さんの家に行った
叔父さんはこっそりとオールドを出してきた
気兼ねしながら泊めてもらい
翌朝早々に退散したのだった

鳴く虫

蛍って鳴くのかしら
さあ
聞いた覚えはないけど
さぞ
賑やかだろうね
ほら

こんな湿った闇夜には
ちっちゃい虫よね

大きいのがゲンジ
小さいのがヘイケ
赤い頭に黒い着物
ほんに平安貴族のよう

蛍祭にいってきたの

よく鳴いていましたか
耳を澄まさなくても
鳴くものなら聞こえるでしょう
でんでん太鼓に笙の笛

カワニナを食べるんだって
田に水を引く小川の
川底には
食べ物がいっぱい棲んでいて
蛍の幼虫もそこに居ました

金色の水底からの眺め

あなたもわたしも
蛍の時があったんだと思う
お尻を光らせながら
思い切り鳴きたかった時が

雨期の森

こんなしとしととした雨の日が
好き
と言ったつもりだった

いつも図書室にいたきみの姿を見に行くために
本を借りた

きみは居たり居なかったり
「アンネの日記」の貸し出しカードに
きみの名があった
「ビーグル号航海記」「世界の七不思議」
百科事典で自慰という項目をこっそり引いてみたり

なぜあんなに本が好きだったのだろう
返しては借りた
「海底五万マイル」「子供の科学」
全校で一番図書室を利用しているのがボクだと
佐藤先生は言った
恥ずかしくなって翌日から模型少年に転向した

はたして
あの雨の日にきみと野道を歩いた記憶は
本当なのだろうか
雨の日は傘ささなくちゃ濡れるでしょ
雨は嫌い
ときみが応えたのは本当にあったことなのだろうか

高校生だったボクは
その頃なぜか
きみは詩が好きなのだと信じ込んでいた
詩

と図書室で恋したとき
しとしとと雨に降り込められて
ボクは深い森の中へと隠れ住むよろこびに
こらえきれず
左手をしとどに濡らしていたのだ

森番通信

マッカサと呼ばれた男が
何か叫びながら
天神山の方へ帰ってゆく
昭和三十年代の田植えの頃
ズボンの前からあれのぞかせて
道ばたで寝ていたと
声をひそめて母は言った

もうずいぶん
センゴも遠くなっていたが
発動機は気難しく
真剣にタイミングを計らないと
強烈なケッチンを喰らった

大切なことが
仕方なく省略されていって
どこからか引っ越してきた家のように
本家はしきたりを守っていた
もう見栄を張らずともよかったのだが
そうもいかないようだった

いつまた非国民と
ご近所から石を投げられるかもしれない
皆さん並みでようがんす
明治維新でも覆らなかった地主制度が
無条件に滅びようとしていた

マッカサは
きっといち早く気づいていたのだ
これからはマッカサが
オソレオオクモに
取って代わるのだと

天　狗

日なか　大きな星が流れた
深山に棲息するモノ達が
音も無く羽ばたいて
北北東へと
急ぎ

見て還った

つぶやきが止んだ

ここでは
早朝からヘリコプターが　数多く
でかけていった
空を飛ぶモノ達は
おしなべて無言

そのときの雲のかたちが
形容詞のひとつを
ネグレクトしていて
青空に雲　たちあがる

言葉は嘘が好きだ
叱責するのが好きだ
陥れるのが好きだ
知ったかぶりが好きだ
やさしさを装うのが好きだ

天狗山の中腹に
霞たなびき
黄色いから杉花粉だわ
私たち
人のかたちをしているので
何か話そうとしている

落日

もう
いつのまにか
楽しい時代は終わっていた

渚を
人の顔した海鳥が歩いている
群れを成して
ときに戯れながら
かつてなにものかであった記憶を
辿るように

乾いた港だ
砂塵舞う
それにしても空気が重い
気道がわなわなとおののいて
くうるしい
喉に絡んだ濃密な痰を
どうしよう

これから
ワタシタチは何処へ行くのか
此処に居さえすれば
ある朝目覚めると
新しい土地が現れるという
きっとそうだ

もうずっと
液晶画面には
打ち寄せる波と
萱の原と
壊れた巨大プラントが映ってゐて
そこを

ときおり生き物の影が
よぎる

揺れる部屋

ひとつの部屋へと帰り着く
ひとりで
またはふたりで
それから
することをして
あるいは
なにもせず（できず）
毛の生えた身体を抱いて眠る

わたし（あたしたち）
は
まっとうな存在として
この時代にちりばめられ
蹴散らされ
這う這うと
生き延びようとしている

気がつくと部屋は揺れていた
これがアタイ（オレ）
の
生活の始まり
傍らを
ナメクジやカマドウマが覗いて通った

糞尿で濡れた新聞紙が
てかりて　かりと
ああ　あんなに大きな
活字で
仕事をしている

程度の差はあれ
部屋は揺れていて
唯一の部屋も揺れていて
もう間に合わない
外がどうなっているのか
知らない

水口

春になると父は田を耕した
　どこまでも百姓だと自認する父の
　一点の曇り無き仕事に幸あれ

春は腐り　もうどうにも春ではなかった
　花見客が愚連隊
　花なんか愛でてる　懐にジャックナイフ

春から夏へ　父はいてもたってもいられない
　水は轟々と堰に溢れる
　水だ　水がきた　水がきた

水を盗るために祖父は寝ずに
　水の番をした　水盗りにくる奴がいる
　裏ん家のゴンペエ爺さんと一騎打ち

間に合わなければ土手を切る
　この時期は皆鬼じゃ　あんた
　負けるんじゃないよ

身にしみた根性は墓場まで
　田舎暮らしなんかに気を許すから
　なにもかも終わりになりそうじゃないか

木乃伊のように口を真一文字に結び
　父は伝来の田の神を祀り

泥田を捏ね回す
おめ　どこん家の総領だ
　黒南風が来る　父の枯れた背中が
　倉の鎧戸の奥　に見えた

雷神が堰を越えた日
もしもが　まさかが　事実となって
父を嗤った　嗤いが　ずぶぬれている

＊二〇一二年九月十六日　父・急逝

露　出

あらわに　なる
さみしい　初恋の結末
短絡的な　あらゆる衝動の後ろ疵

思想が　死に神を乗せてやってきた
あの　熱狂の時代が

秩序のしもべでよければ
いかようにも腕は奮えますぞ
なに　誰もそのようには言いますまい
よのためひとのため
めたのとひめたのよ

これから　本当のことを
言います
そこでカメラは日本の
山々を映した　菜の花畑と
小川の　せせらぎ

そこには　それしか映っていません
ことばは　もてあそべるものですが
第一義的には　意志を

伝えるものです　だれかの意志を
退場せよと

あらわに　なる
きみが　なにものであったのか
あなたの　うちがわからめくれてくる
きゅうだんなどしない　ほら
ぼくにも　なにかがおしよせて　めくれて
くる

ペダンチックな黄昏

発動機が吠える
シリンダー内を突撃するピストン
圧縮された揮発油が爆発する
ヴゥファ　ヴゥファ
バフゥ　バフゥ

聴け　見よ　この
昭和の動力の雄叫びを

ブム　ブム
チャンチャン　クッチャン、チャチャチャ
バフッ　フッ　フッ　フッ
ボム　ボム　ボッ　ボッ
ドルルルル　ルルル

ドッドッ　ドドド　ドッ
パアン　パッパッ　パパパパ
ヴフォ　ヴフォ　ヴォホホホ
白煙がマフラーから吐き出される
クワラン　クワラン　ヴォッフォ　ヴォッフォ
スッタン　スッタン　タン　タン　スッタン
フライホイールがうつくしい

緑の鋳物のストロング発動機

それらが
およそ二十台ほど
夕陽に向かって吠えていた
控えめにあえぐように
スットン　スットン　トンスットン　トンスットン
ホッパーの水は煮えたぎり
ああ
ただごとではないぞ
この黄昏は

日曜日の病院

内陸の地方都市の夜明け
平野の一点に赤い火が灯り
日曜日の
火の球が昇り始める

手術室はほの暗い
ＩＣＵにくくられている人も
いまは病室に移った人も
まだ廊下も暗く
ほとほとと歩むものの時刻だ

当直のナースが
カルテの整理を始める
ひっそりとしたナースの駅で
ドクターはてうすだ
病棟のくらがりに佇むものたち

生還したものが見る
洗面所　採尿袋　機械浴室
そのまま運べるエレベーター
裏庭の非常口

運ばれてゆく人くる人の

内科待合室　壁際の測定機器
無料の給茶器
診察室　検査室　放射線科
外来待合室　総合受付　クリスマスツリー
日曜日の朝の

火の球が都市の向こうから
建築物をめくりあげ
歌い始める
どこからか
合唱団がやってくるのだ

詩論・エッセイ

フーテン時代

「泥水」編集長の市原正直氏が、私の経営する現代詩資料館「榛名まほろば」を訪ねてくれたのは開館一年目の初夏だった。既に何度か訪れていた北海道の木村哲也氏に伴われてのことだった。資料館だが、営業店としては喫茶店なので漫画も置いてある。めざとく発見した市原氏の著作が二冊あった。そのなかに、永島慎二氏の著作が二冊あった。これ、預かっていってサインをもらってあげましょうか？　えっ、おっお願いします、と私。それから数週間後、ここのこもったイラスト入りのサイン本が送り返されてきた。開館以来、いくつも恵まれた幸運のひとつである。この場を借りて、お二方にお礼を申し上げます。

この二冊は、主婦の友社、シリーズ青いカモメ『馬鹿狩り』と、青林堂『黄色い涙』である。いずれも愛蔵書として、私自身が購入したものだ。特に『黄色い涙』は、原題「若者たち」として、私の青春の一書となっているものである。その一コマ、一コマには、若い日の私の時間が流れている。この溢れる思いをどう書き付けようか。

一九五一年生まれの私たちは、絵物語や紙芝居を経て、手塚治虫の登場で始まった戦後漫画を熱烈に支持してきた、言わば、最初の漫画世代である。小学生の私にとって、様々な付録で膨れた月刊漫画誌、「おもしろブック」「少年」「少年画報」「漫画王」「少年クラブ」「冒険王」などは、まさに宝物であった。嘘を言えば、そのインクの匂い、十字に束ねた紐の固さまで、鮮明に覚えているのである。その頃の私は、漫画さえあれば、どこの家にも行き、もう帰れと言われるまで読みふけっていたものだ。友だちの家であろうが、相手が年少であろうが、年長であろうが気にしなかった。月刊誌のサイクルは長い。各誌を三回も読み返す頃に、やっと次号が発売になるような気がしたものだ。漫画さえ載っていれば、どんな本も読んだ。大人の漫画だろうが、少女漫画だろうが読んだ。通称「漫画キチガイ」と呼ばれたものだ。そのおかげで、国語の読み取りだけは苦労しなかった。漫画の漢字には、たいていルビがふってあるし、ストーリー展開で読めてしまうのだった。大人の漫画に出てくる、いやらしそうな漢字を調べるのも楽しみだった。漫画ばかり読んでいる無邪気な子ども、というのが親や近所の認識だったろうが、実は相当にマセたガキだったのである。

いまでも残念なことは、生まれたところが田舎の農村だったので、貸本店に縁がなかったことである。ただ、子どもの範囲とはいえ、どんなところにも漫画を読みに行っていたので、手塚漫画とは異質のギスギスした線の漫画があることは知っていた。それらは、たいてい不良のたまり場みたいな家に、ゴミのように放りだされてあった。いや、実際、頁は破れ、雨に濡れて印刷がにじんだ本だって、拾ってきて読んだのである。なかなか、永島慎二の話にならない。

この頃の漫画作品を、私の記憶だけを頼りに挙げておく。「赤胴鈴之助」竹内つなよし、「まぼろし探偵」桑田次郎、「鉄腕アトム」手塚治虫、「矢車剣之助」堀江卓、「鉄人28号」横山光輝。ふと、気がついたが、これらの漫画家は、いくつもの作品を同時に描いていた。私自身は、同じような絵だなと思っても漫画家の名前まで意識していなかった。ただ、新しい漫画が出てきたときに記憶した名前がある。「ナマちゃん」赤塚不二夫、「パットマンX」ジョージ秋山である。そして、漫画は週刊誌の時代を迎える。

「少年サンデー」「少年マガジン」をもって、わが漫画世代の一期は終わるのではないだろうか。「少年ジャンプ」「少年チャンピオン」「少年キング」を私は読まなかった。漫画から劇画へとシーンは移行する。ちばてつや、白土三平、水木しげるらの画風は、劇画と呼ばれたが、漫画世代の成長に応じた変化であったろう。「巨人の星」「明日のジョー」という梶原一騎作品を頂点として、私たちは少年であることをやめねばならなかった。誰にも明日なんて見えないのだ。われわれは、いつまでも「明日のジョー」ではいられなかった。「ガロ」「ヤングコミック」「漫画アクション」「ビッグコミック」という青年誌へと、私の関心は移っていった。これは、自然の成り行きという以外に説明できない。青年コミックの成り立ちは知らない。けれども、かつて、漫画ならどんなものでも読んだつもりでいる私には、私たち漫画世代の要請に応えて、こうした青年コミックが成り立ったのではないかと思っている。「ガロ」と学生運動と文学とが、同時にハイティーンの私に押し寄せてきた。ようやく永島慎二が風俗のなかに見えてくる。

私は、永島慎二の代表作「漫画家残酷物語」「フーテン」を持っていない。それらのいくつかを読んではいるのだが、記憶は混乱している。この稿を書くにあたって、読み直すことができたら別の組立になっていたかもしれないのだが、正直なところ、あらゆる時代的なシーンに私自身が、少し遅れをとっていた。既に風俗であった「フーテン」の末尾に大急ぎで私は加わった。そして、永島慎二こそは、元祖「フーテン」と呼ばれていたのである。

一九七〇年。私は、二十歳で上京した。悶々とした青春の日々の履歴はつじつまがあわない。ここでは、この年に大学に籍を得て、板橋区中板橋のアパートに友人と住み始めた事実だけを記す。七〇年安保闘争が、全国全共闘運動として最終局面を迎えようとしていた時期である。文学と学生運動をするために、なにがなんでも、いまここに参加したかった。就職のための学歴取得とか、実利的なことは何も考えていなかった。嘘だと思われてもいいが、ハナから卒業する気もなかったので、親からは、初年度入学金以外の経済援助は受けなかった。つまり、「フーテン」志願なのである。

「フーテン」も「フリーター」も同じようなものかもしれない。だが、私は「フリーター」という響きが嫌いである。「フーテン」には、どこか反社会的な響きがあるが、「フリーター」には、世の中におもねる響きがある。若者の小賢しさという点では、どちらも同じような風俗だろうが「フリーター」の方に、より小賢しさを感じるのは世代の意地であろうか。「フリーター」諸君もそうだろうが、ひとくちに「フーテン」といってもいろいろある。新宿駅東口前で、ビニール袋に入れたシンナーを吸っている者たちもそうだし、ＪＡＺＺ喫茶で、一日中黙ってスイングしている者たちもそうだ。彼らは一様に定職を持たず、住所不定に近く、例外なく貧乏だった。

『黄色い涙』の最終頁。奥付の前の頁になるが、村岡栄とその一味が、ゾロゾロと漫画のコマから去っていく場面が描かれている。これは、紛れもなく私の「フーテン時代」の一場面に重なる。貧乏だが、明るく、ふてぶてしいほどの生気に溢れていた。いまや私は、老眼鏡が手放せない中高年世代である。これから三十年前のあの日に戻ろうとしているのだが、何故か、ためらいがある。あまりに遠くまで歩いて来てしまったからだ。

「フーテン」は群れていた。「フリーター」の実態は知らないが、彼らは群れているようには見えない。臆測だが、平成大不況といいながらも、豊かな時代の風俗なのではないかと思う。もう少し真面目に言えば、終身雇用を前提としたサラリーマン社会が崩壊し、使い捨て労働力として、積極的に「フリーター」は生み出されているようにみえる。これはもう、社会的要請にかなった生業と言っていい。「フーテン」が群れるのには理由があった。彼らは実際、一人では生きていけなかったのである。

住む部屋もなく、喰う金もない。ひたすら下を見ながら路上を歩く。何か落ちてはいないかと探しながらである。80円の「ハイライト」を買う金もなかった。ある日、一本タバコを拾った。見た目はうまそうだったが、吸ってみるとホコリそのものだった。そんなとき、村岡栄のような男に出会えば、一も二もなくついていっただろう。なあに、どうせ失うものは何もない。せいぜいオカマを掘られるくらいだろう。一度くらいなら、それも経験のうちさ、と。だが、実際は、池袋の安宿の玄関前で、私は、処女のように怖くなり、一目散に逃げ出したのである。立教大学裏の友人のアパートへと。追いすがる男のすがるような目が哀しかった。ごめんね。

村岡栄の部屋には、四人の若者がころがりこんでいる。私は、ある時は村岡栄であり、ある時は井上アーであった。物語と重ねるために、少し私自身の暮らしぶりを書いておこう。住まいについては、友人と半年間共同生活し、その後の四年間に三つのアパートに移り住んだ。断続的なアルバイトで、部屋代、学費を稼ぐ。その職歴。深夜便トラック運転手、出版社、学食皿洗い、製本所、ビル清掃、ミシン販売。あれ、意外と少ない。学食は二校で、なにしろメシ付きだから出戻りもした。しかし、ぷいと辞めての出戻りだからみんな冷たい。以後、辞めた職場には二度と顔を出さないことを誓い、実行している。後年管理職としてアルバイトを使う立場になったが、このころの我がふるまいをかえりみれば、腹をたてる方が間違っていたのだと気づく。元気がなくなりそうだ。

「若者たち」は、「漫画アクション」に連載されていた。この雑誌は週刊だったが、本書によって、月に一度の連載だったことが分かった。貧乏自慢をすればきりがないが、当時の私は漫画を買う金もなかった。つまり、喫茶店で読むのである。そのコーヒー代だって貴重だから、どこの店にどんな漫画があるかということは、しっかりチェックしていた。モーニングサービスで入って、昼過ぎまでは粘る。在籍していた大学の近くに「ヴイ」という店があった。ここが、私たちにとっての「ぽえむ」であった。

きみ、それは「井上アーの恋」だよ。友人の一言で、私は「若者たち」を知った。いっぱしの「フーテン」を気取っていたが、二十歳の私は純情だった。まさしく私は、井上アーだった。いや、実際にはメモも渡されず、ロクに口もきけなかったのだから、井上アーほどの展開もなかった。松岡きっこではなく、天地真理に似ていたその娘は、やはり、アルバイトだった。話しかけることもできず、ストーカーまがいに後をつけたり、まあ、ほとんど自分の中で勝手な妄想を膨らませていたのだった。

九月はしるべのなかった恋のあとの月
すこし革められた風と街路樹のかたちによって
こころよ　こころもまた向きを変えねばなるまい

（「恋唄」　吉本隆明）

そんなある日、私の持ち歩いていたノートに、この詩が書き付けられているのに気づいた。恋は盲目である。

何故か私は、この詩を彼女からのメッセージと思いこんでしまったのである。この三行だけが書かれていて、私は、これが吉本の詩だとは知らなかったのである。「こっ、この詩をご存じですか?」と、私は訊ねた。「いいえ……」。これが彼女と交わした会話の全てだったと思う。短い期間のアルバイトを終えて、彼女はいなくなった。その間の私は、まさしく井上アーであった。縞の背広を着ていったわけではないが、ピースをくわえ、井上アーの口ずさむランボーの詩を暗記した。これみよがしにテーブルにノートを開げ、詩を書いた。そして、村岡栄とその一味よろしく、わが友人たちは、そんな私を遠巻きに眺めていた。あまりに自分の世界に入っている私を気遣ってか、かの詩を書き付けた犯人は、ついに名乗り出ることはなかった。おそらく、しばらく経ったある日、黙って吉本隆明詩集を薦めてくれたS君の仕業ではなかったかと思う。S君は、その年の六月に、決戦と位置づけて火炎ビンで突っ込んだセクトの一員という噂があった。私は、ベ平連系の隊列のなかにいて、たまたま、その現場に居合わせたのであった。私たちの隊列が大きく歩道側にふれると、道路の中央には数百人の火炎ビン部隊がいた。前方には、ジュラルミンの盾を幾重にも押し立てた機動隊が身構えていた。私は、この光景を忘れることができない。静かな対峙だった。次の瞬間、いっせいに部隊が突っ込んだ。青い塊となってうずくまっている機動隊が炎に包まれた。一波、二波と火炎ビンが派手な炎をあげる。タイミングを計っていた青い塊が猛然と反撃に出た。とばっちりは、私たちの部隊にも及んだ。ガソリンの匂いと催涙ガスの匂い、怒号と悲鳴。私たちの旗持ちが逮捕された。彼の下宿へと急行した。関連書類を処分し、翌日、偽名を名乗って差し入れに行った。お決まりの留置期間を過ごし、戻ってきた彼は、ハクでもついたと思ったのだろうか、いっぱしの闘士になっていた。命を賭けるか、ヒヨルか? 明日はどっちだ。S君は、あの火炎ビン部隊のなかにいたのだろうか? そんなことは、もちろん訊かないし、彼も言わなかっただろう。覚えたての麻雀で、チョンボばかりして笑わせたS君。

政治がかった連中は「フーテン」とは言わなかった。ルンペン・プロレタリアート、「ルンプロ」だよな、おれたちは。

永島慎二の漫画は、政治的ではない。あくまで文学的である。勝又進や赤瀬川源平、あの「寺島町奇譚」の滝田ゆうでさえ、学生運動を直接の題材にした傑作「あいつ」を描いた時代である。井上アーが、彼女の気を引こうと、マルクスやレーニンを持ち出すシーンがあるが、いまとなっては見事な距離感と言わざるを得ない。政治青年であり、文学青年であった私たちにとって永島慎二は、いまならば癒し系の漫画家ということになろうか。井上アーの恋の末路より、「ぽえむ」のマスターの、次のことばが私には記憶に残っている。「生涯のうちで一篇のロマンが書けりゃ、それでいいんじゃない」。

「若者たち」の各章のそれぞれに思い出は重なる。「フーテン」仲間は、当たり前だが、それぞれの履歴を持っていた。出会った回数に応じて、お互いの身の上を少しずつ知ることになる。誰も詮索しないから、いつまでも謎の人物でいることもできる。田舎の話になると、私は地味だった。群馬なんて、すぐそこなのだった。北海道のＳ君、愛媛のＨ君、久留米のＦ君、山口のＳ嬢、福岡のＭ嬢、そして東村山のＴ君、みんな元気かい？　見事に私たちは解散した。お互いが二度と会うことのないように。

永島さん。私は、どうやら「冬の恋」一篇について語りたかっただけのようです。ゾロゾロと私たちは歩いていて、いつしか誰もいなくなった。「春告鳥」のようなシーンはなかったけれど、結論は同じだった。「みんなこの部屋から出てってくれ！」と私は叫びたかったし、そう言われたような気もした。政治も文学も急進的な思いだけでは、どうにもならなかった。政治活動は地下に潜り、文学は何もできない。全国全共闘運動の終わりはあっけなかった。セクトによる各大学の横断的支配が崩れると、新入生が秩序回復の役目を果たした。国立であり、私立である。六大学であり、東都である。三年目の春。私は、退学届けを出しに行った。学費未納なので、既に除籍処分になっているかと思ったが、親元に請求があったらしく、晴れて退学ということになった、と思っている。それから二年。私は、名実ともに「フーテン」として過ごした。しかし、もはや語るべきどんなエピソードも生まれなかった。

私は、あらためて思い知った。吉本隆明や埴谷雄高や天沢退二郎や清水昶や、七〇年代イデオローグの言葉ではなく、永島慎二の言葉によって、私自身の総括をしたことを。「春告鳥」の解散パーティーでの会話である。「つまり、七〇年代ってのは、一人一人が個人で闘う時代だって気がするんだなあ……」「大事なことは共闘するというムードよりだな……」「そう、場所はちがっても個人が闘うことで……」「やはり、闘っている仲間がいるということを知ることだと思いますね!」。

一人で、シコシコやるしかない、という言い方が流行った。マスターベーションかもしれないが、とにかく一人になって考えてみようということだった。それぞれが、それぞれの事情のなかに帰っていった。卒業を目指して授業に戻った者、除籍、退学した者、そして、誰もいなくなった。仲間同士やアルバイト先の小さなトラブルが重なったりもした。仕事を変えたり、引っ越ししたりするだけで、簡単に行方不明になれた。何人かの消息は伝わってきたが、もう私たちは群れることはなかった。

「フーテン」暮らしは、助け合いではなく、タカリ合いだった。仲間の給料日には、バイト先付近の喫茶店で待ちかまえ、奢らせた。被害者にしたところで、さんざん同じことをしてきたので拒めない。安酒を飲みながら、政治や文学を語り、経験を積むために遊んだ。ある夜、池袋のピンクサロンでぼられた。私は、H君を人質に残し、アルバイト先に駆け込んだ。社長は、何も訊かずに半月分の給料を前借りさせてくれた。この社長も「フーテン」あがりだった。画家を目指していたらしいが、挫折したらしい。私は、車の運転免許を持っていたので、このビル清掃会社では優遇されていた。ずいぶん、わがままを聞いてもらったが、辞めた。思えば、これが私の「フーテン時代」の終わりであった。

つまらぬことを書いてしまった。誰にも青春時代はあり、それは、当人が思っているほど特別なものではない。私は、男性更年期障害にでもかかっているのだろうか、自らの青春を思い出そうとすればするほど気が重くなる。確かに「個人で闘う」ということは正しかった。しかし、同じ仲間に対して、私は胸を張れるだろうか？　いや、果たして同じ仲間がいるのだろうか？「連帯を求めて孤立を怖れず」という言葉があった。連帯？　この陳腐な舌触りは何だろう。正直に言えば、私は「私たち」という考えから逃げ出したかったのだ。では、何処へ、である。どこにでも「私たち」はいて、否応なく「私たち」に属すことになる。そう自覚した途端に、私は不快になる。要するに、順応性がないのだ。こう言ったからといって、現実の私は、そうは見えないはずである。ちゃんと大人のふりをしていますから、ご安心を。私は、一人で何と闘っているのだろう？　だんだん、それが分からなくなってしまった。これでは、「生涯のうちで一篇のロマン」も書けやしない。いまの私は、「ぽえむ」のマスターと同じ立場にいるが、実現できたのはそれだけである。そして、村岡栄とその一味を待ち受けているのだが、いまだに現れないのはどういうことか。ああそうか、みんなコマの外に行っちゃって、私だけがコマの中に取り残されているのだ。そうですね、永島さん。

（「泥水」71号・二〇〇一年九月）

「榛名抒情」の頃

もう何年も清水節郎さんに会っていなかった。私の結婚式には招待しているので、多分それ以後、急速に疎遠になってしまったらしい。本当は、私が創刊時から一緒にやっていた「榛名抒情」を止め、小誌「水の呪文」を創める時点でそんな予感はあった。けれども、籠城を決めこもうとしたのは私であって、節郎さんは持ち前の元気で走りつづけるであろうと思っていた。事実、一九八三年には、『箕輪有情』、一九八六年には『男性』をだしている。小誌の創刊は一九八〇年、私の結婚は一九八五年である。前記二詩集はもちろん、「榛名抒情」も七号（一九八一年三月刊）以降は、私の手元に届いていない。「榛名抒情」は、いつも実際の発行日より二ケ月は先行した発行日付を付けていたから、小誌の創刊と時を同じくして事実上は絶縁状態になったようなのだ。それでも、結婚式の招待に何の不都合もなかったのだから、自然にまかせたつきあいは続いていたことになる。しかし、何といっても、「榛名抒情」を創刊した一九七八年前後の四年間ほどが最も親密な期間であった。出会いのきっかけは、当時二十代半ばで群馬に舞い戻り、商社のような雑貨商のような仕事をしながら、発表の場を求めて「西毛文学」に投稿した私の詩作品だった。清水節郎が評価したということで話題になったのだが、もちろん、私は彼の名前も作品も知らなかった。私は斉田朋雄主幹に誘われるままに、「西毛文学」同人となるのだが、雑貨商の仕事は無休に近い勤務状態だったため、しばらくは同人会に顔をだすこともままならない状態だった。あるいは、その頃「西毛文学」の拠点であった富岡の契茶店「エーデルワイス」で会ったのかもしれないが記憶は定かではない。

雪ふる夜、このちいさな詩誌『榛名抒情』は誕生しました。—中略— 榛名山ろくに生まれ沈んでいく私たちにふさわしく『榛名抒情』と名付けることにしました。

（「榛名抒情」創刊号後記）

この日のことはよく覚えている。土間の右側に節郎さんの書斎があって、そこで一気に創刊の気運が盛り上がったのだ。しかし、その方向性は節郎さんの内にあり、制作誌としての人選はほとんど彼が行なっていた。私は「西毛文学」の同人でもあったので、しばらくは節郎さんと連れ立って富岡のイベントに顔をだすというようなことが続いていたのだと思う。また、高崎では「越境」の柴田茂が健在で、契茶「メキシコ」を拠点に詩画展を開くなど、思えば活気に満ちていた時代であった。そんな雰囲気のなかで、「榛名抒情」も、という元気は十分にあった。それが、契茶「あすなろ」での「ポエム・ボックス」につながるわけである。私は裏方として、車で数分、高崎に向う道筋に面した清水節郎宅に寄り、彼を乗せて会場に入り、終われば、二人酔いどれて代行車で逆の手順で帰宅した。

この、「ポエム・ボックス」は、ゲストに谷川俊太郎、荒川洋治、中上哲夫・山本博道、天野茂典など、同時代性の強い顔ぶれが並んだこともあり、提箸宏や早川聡、あるいは大橋政人などの新鮮な書き手を刺激することになった。清水節郎は、私の場合と同様、そうした書き手に声をかけることを忘れず、提箸などはたちまち「榛名抒情」の貴重な戦力になるのである。私にしても、企画先行の節郎流にとまどいながらも、会費の徴収や二次会の設営、案内などに走り回っていると自然に県内外の詩人と知り合いになってしまうのだから愉快であった。

私は一九七九年の初めに、それまでの雑貨商を辞め身軽になった。その年の春、清水節郎、中上哲夫、天野茂典と連れだって東北大旅行にでるのである。例によって節郎さんの計画で、私はどんないきさつでそうなったのかは知らなかった。ともかく春の嵐の中を大幅に遅れて弘前に着いた。車中では駅弁を肴に盛大に酒盛り、出迎えの泉谷栄、岩崎守秀らとも一気にうちとけた。むしろ、企画人の清水節郎が緊張気味に映ったほど、当時の私は気楽であったように思う。確か泉谷明は夜になってにぎやかに酒場に現れたのだと思う。いきなり、私たちにキスの嵐を浴びせたように記憶している。したたかに呑み歩いた後、私たちは栄町の泉谷明宅に泊めていただいた。清水節郎は意外に静かで、風呂を使わせていただくのに恥ずかしいそぶりをみせたのには驚いた。旅先では、いつもと違い私の方がいいかげんなのだ。

お土産にいただいた弘前ワインで、私と中上哲夫は怪気炎。弘前から、今度は仙台へという旅なのだった。天野茂典は仕事の都合でそのまま帰京、仙台では、原田勇男、佐々木洋一、高村創と会った。いきあたりばったりの私と違い、節郎さんはよく気配りしていたように思う。この旅行で私が感じたのは、清水節郎は意外にも古風な常識をわきまえた人であるらしいということであった。私の場合は詩と実生活の距離はあまりとれないのだが、彼の激しい路上詩と人となりの間には、不意にすれ違いそうな距離を感じるときがあった。いずれにせよ、この年は暮れに、転職したばかりの私の会社が倒産するまで二人で旺盛にあちこちに顔をだしていた楽しい年だった。

一九八〇年は転機の年になった。清水節郎は詩集『カントリー・ブルース』、佐々木洋一、近野十志夫、葵生川玲と詩集『ｆｏｕｒ』をだし、この年の群馬県文学賞を受賞している。私は、予定外の失業にとまどい、意に添わぬ仕事を数ヶ月したあと現在の職についたばかりであった。清水節郎と既に主力メンバーであった提箸宏と高崎郊外のレストラン「シャガール」で会ったのはそんな頃だったと思う。「榛名抒情」は同人制ではなかったが、いつしか、事実上この三人で運営されているようなかたちになっていた。

私は、仕事の関係で日曜、祭日の都合がつかないこと、夜も九時過ぎまで動けないことを理由に「榛名抒情」の活動から手を引きたいと告げた。提箸とのコンビで十分に活動は続けられるはずだし、私自身、これを機会に一人で私の詩を考えてみたい思いもあった。そのとき、どんなやりとりをしたかよく覚えていない。けれども、清水節郎は不愉快そうであったな、という記憶はある。

この日を境に、私は清水節郎と詩の活動をすることはなかった。と、いうよりも小誌の活動に限定せざるを得ない状態に自らを置いたのであった。「榛名抒情」は、その後、提箸宏が、私と同じような役割を担うかたちで続いていていたようであるが、その最終局面がどのようであったかは聞いていない。

余談をひとつ。その頃のある日、未知の女性から手紙が届き、私の詩に感激したのでお会いしたいという。会って話してみると、どうも私の詩ではなく清水節郎の詩であるらしいということが分かった。なぜ、彼女がそんな思い違いをしたのかは分からないが、それがきっかけとなって彼女は現在私の妻となっている。清水節郎のおかげである。

私の母の実家が、清水節郎宅のすぐそばにあり、断片的な様子は聞こえていた。もちろん詳しいことは分からないのだが、踊りをやっているということは知っていた。また、他からもそんな話は聞こえていたので、彼が詩の仲間の誰とも親交を絶っていたとは思えなかった。しかし、「ダイレクション」や「土偶」、「西毛文学」などの誌上で作品を見ることはなかったし、詩友の葬儀の折に見かけるということもなかった。群馬詩人クラブが資料として「創立三十五周年記念誌」を作成したのは昨年のことだが、その折にも連絡がとれないということで、「榛名抒情」の項は私が書くことになった。清水節郎夫人によれば、丁度その頃の定期検診で胃癌の宣告を受けたのだという。たまたま、前年の検診を受けなかったことが、文字通り命取りとなったらしい。既に、手遅れの状態であったという。

私が見舞ったとき、清水節郎はもうまともに話すこともできなかった。それでも、話をした。何といって励ませばいいのか。すぐに言葉は底をついた。しばらく顔を眺めていた。節郎さんは宙を見るような目をしていた。別れ際に彼は手を差し出してきた。私は少し驚いたが、その手を握り返した。実は、「シャガール」で、いい別れ方をしていなかったのが、私には気にかかっていた。そのことも、なにもかもが、あたたかい握手には含まれているように思えた。間に合ってよかった、という思いと、もっと早く来るべきだったという悔いとが錯綜した。もう一度は見舞えるのではないかと思っていたが、なんと、元旦に清水節郎は逝ってしまった。

清水節郎が、死の直前まで関わっていた詩舞について、夫人から聞くことができたのは、四月も末になってからだ。たまたま一緒になった「西毛文学」の斉田朋雄氏とアルバムをみせていただきながらであった。詩舞、美扇流師範、美扇鶴宝。舞台化粧をした姿がアルバムを埋めつくしていた。家元の信頼も厚く、後継者となる途上であったらしい。

私には、そのなかで地名でもある今宮神社で舞う姿が強く印象に残った。母の実家である今宮。その昔は相馬村といって、私の住む広馬場八之海道と柏木沢今宮は同じ村なのであった。母に連れられて今宮に行き、遊んだのがこの神社だ。あるいは、そんな幼い日に私たちは知らずに出会っていたのかもしれない。

私の詩的出会いの多くは、清水節郎と元気に遊び歩いた「榛名抒情」の頃に集中している。そして、それはそのまま現在に引き継がれている。清水節郎の消息を伝えること、それは私にとって、ひとつの義務のように感じられていた。清水節郎が自らを秘めれば秘めるほど、私はそんな思いに襲われたのだが、もちろんそれは単なる思い込みに過ぎなかっただろう。なぜなら、清水節郎の生涯を思えば、私はあまりに短い期間を共に過ごしたに過ぎないのだから。

どんな言葉で結べばいいのか分からない。節郎さん。私だって、ほんの少しの違いでこうしてワープロを叩いているだけのことだよ。私も三月三日生まれだから、美事にそれに見合った日に、かたちよく逝きたいものだと、今、思った。映画の手法で一番好きなのは、プロローグに戻って終わる手法だ。私と、清水節郎と堤箸宏と高崎の「あすなろ」前で落ち合う、イベントを控えたあの不敵な場面だ。さあ、行こうぜ。

（「水の呪文」31・清水節郎追悼号・一九九三年七月）

男の日記

防火用水の掃除をしたら、大きなどじょうがぞろぞろでてきた。うなぎではないかと思うほどの奴が五〇匹ほどいた。たぶん施設の規模からいって消防法で定められているのだろうが、当ゴルフ練習場の開場以来、初めての大掃除だったのだ。水というより、ヘドロを、懐かしき肥柄杓ですくうと、にょろにょろとうごめくのがあちこちに現われる。それを、むんずとつかんだ時の感動的な手触りはたまらない。

すっかり水を張ると、劣悪（最良というべきか?）な条件のなかで生き抜いたものたちに敬意を払って石などを配して放してやることにした。柳川なべにしようなどとは思わなかったのだから、なんと心やさしき支配人と従業員たちであるか。だが、どじょうという奴は夜行性なのか、石の下にもぐりこんでちっともでてこない。事務員のOさんの御主人が釣好きで、小さな水槽で鯉などを飼っているということなので、早速、移籍を申しいれた。

＊

地元の新聞社の主催で、レディースゴルフ教室が始まった。なにしろ申込金を払いこめば、二時間のレッスン中は打ち放題ということだから、打つわ、打つわ、一球いくらの商売だからとてもじゃないが儲からない。おまけに初心者だから、飛距離もでない。子供のいたずらみたいに、五〇m～一〇〇m地点にボールが集中する。ウイークデーの午前中ともなれば、レディースといってもおして知るべし、ピチピチギャルなどは望むべくもない。オールドレディースが三〇名も揃えば、そのかしましさは圧巻というべきだろう。

教室終了後は、手近のボールを遠くへ放っておかなければならない。不心得者が拾いにゆくのを防止するためだ。まったく立派な紳士ばかりで嫌になる。

＊

「また来てるわよ、いやあねえ。」とフロントでTさんとOさんが話している。ある御婦人が来ていると、必ず自分では打たないのに現われる紳士がいる。打たないのなら来るな、などとセコイことは言わないが、ゴルフ練習場は社交場でもある。そこの従業員は見方によっては、ホステスでありホストである。だからあまり客の行状には関心を持たない方がいいのだが、ゴシップは誰でも好きだから、つい情報交換とあいなる。ざっと教えて十指にあまる危険な関係がすぐにでてくる。客同士なら問題はないが、胸に手をあてて考えてみれば、おっとお、あぶないあぶない。

＊

いつのまにか防火用水は浄化装置付の魚池になった。どじょうはもちろん、鯉、鮒、金魚、ハヤ、鮎にナマズまで混じってにぎやかだ。私の仕事がひとつ増えた。ヘッドの欠けたクラブで池の縁を叩くと魚が寄ってくる。餌の時間だ。近所のスーパーで買ってきた浮餌を投げてやるといっせいに食べ始める。まったく警戒心もなく、こいつら馬鹿なんじゃなかろうかと思う。客が釣ってきた野鯉なども平気で水面に浮いてくるのだが、可愛いというより、おまえの野性の誇りはどうしたと言いたくなる。鮎は溜水には住めないと言う。事実、一〇匹ほど放してやると翌朝には残らず死んでしまったのだが、早朝のボール拾いの主任のYさんがオトリ鮎を浄化装置の水流に浸しておいてあって、そこから逃げだした奴は元気に住みついてしまった。鮎にも個性があるらしい。

＊

入ってきて、ボーッとつったっている客がいる。「サインして下さい。」と言うと、メンバー欄にサインする。これは怪しいので「メンバーさんですか?」ときいてみる。「いえ、違います。」と平然と言う。勝手が解らないだけなのだが、メンバーとビジターでは当然ながら料金が違う。冗談ではない。なかには承知でやる客もいるので油断はできない。「あのう、コインは?」などと言う。普通の練習場はコインを入れると五〇球ほど販売機からボールがでるのだが、当練習場はオートセッターと言って、カウンターゲージをセットすれば自動的にボールがマット上にでてくるようになっている。「おお、便利ですねえ。」となる。その便利さを維持するために私が必要なのだが、このオートセッター、実は故障のかたまりなのだ。だいたい試作品に近い段階のものを新しもの好きの初代責任者が採用したわけで、各ボックスに一二〇〇球ほど入るのだが、その補給方式は手作業によるのだ。まざれもなく私は肉体労働者なのである。

＊

ゴルフも大衆化が進み、おかげで練習場、コースとも潤っているのだが、それに伴いゴルファーの意識も変わってきているようだ。だいたい紳士のスポーツとは言え、最初から果してそうであったかも疑わしくなる。一球一〇円位の練習ボールにこだわりすぎる輩が増えた。決して手前勝手な見方だけではなく、ゴルフ全体の楽しみ方から見れば、練習ボール位はおおらかな気持ちで打てないものかと思う。いい歳ぶらさげて従業員の目を盗んで、鍵のこわれたボックスからこっそりボールを抜いて打ったりしては優雅な気分にひたれないだろう。今日も一組、注意した。本当はたたきだしてもいいのだが、そんなに怒り狂ってはこっちが惨めになる。人間不信に陥りそうな職場だ。

＊

休日はそれだけで忙しいのに、はるか二〇〇mのネット際にまたしても現われた。近所のチビッコギャングたちだ。ネットの裾をめくってボールを拾っている。いかにも幼いのが信じられないことにネットをくぐって中に入りこんでいるではないか。これはもう逆上する。のんきに構えてはいられない。パートのSさんの自転車を借りて駆けつける。ゴルフボールはゴムマリとは違う。PTAはもし事故になった場合、絶対に当社の非を主張するだろう。人命にかかわることだ。こうした場合、断固叱る。子供は大人の顔色を読む達人だ。本当は、はりたおしたいという剣幕を素直にださなければ、また来週やってくるのに決まっているのだ。中学生位になると報復にでるから怖い。それにしても、同じ従業員なのに、パートの奥さんたちは子供のことだから、と事もなげに言ったりする。まことに疲れる。

＊

外気温があがると、池に藻が発生して浄化装置もほとんど用をなさない。水替えをひんぱんにしていたら水道料金がいつもの三倍にはねあがった。それで、短気でラジカルなわが支配人は腰まである長靴をつけてデッキブラシで水底をこすりまくった。藻をかくはんして浄化を促進しようというわけだ。水は透んだが、さすがの馬鹿魚たちもこれには驚いたらしく、以後、私がいくらクラブで餌の時刻を告げても一向に寄ってこなくなった。一寸の虫にも五分の魂とか、失われた信頼は回復するのだろうか。

（「柿の葉」51・一九八五年四月）

あすなろから

（二〇〇一年十月二十一日、第一回あすなろ忌で）

「上州風」という雑誌のあすなろ特集（「あすなろと群馬交響楽団」）にある年譜を追ってみますと、あすなろは一九五七年の二月に開店したということです。私は一九五一年生まれですから、六歳ですね。したがって、私がこれからお話しすることは、あすなろのかなり後期の時代のことになります。そんな時期に、若い私が出向いて行って感じたこと、それから、今「まほろば」という店をやっていますが、それとのつながり、かかわりといったものをお話ししたいと思います。

高崎市鞘町に鉄筋三階建てコンクリート打ちっ放しのあすなろを移転、再開したのは一九六五年二月、私が十四歳の時です。

当然のことながら本町のあすなろのことはまったく知りません。特集によりますと、客席二百ということですが、これはすごい数です。まほろばはたったの二十五ですす。特集を読んでいて、あすなろとまほろばを比べる方がおかしい、ということに気がつきました。わたしがやっているのは、小さな資料館と喫茶店をくっつけた、個人で、私一人でやっているところです。これに対してあすなろは、当時最先端のお店ということで、一流の建築、一流の設備、一流のスタッフでオープンした。こういうあすなろとまほろばを比べて話すのが急速にいやになってしまいますが……。

あすなろに出向いたのはいつごろかというと、たぶん十七か十八歳。どういう経緯で聞いたのかわかりませんが、すでに有名な店でした。クラシックが流れ、記憶によると、入り口に二、三冊同人誌があった。二階の奥の壁際の席、隅っこに入っていったわけです。一応文学青年気取りでいたのですが、正直申しまして、あまり居心地は良くなかった。それは私が若かったということもあるかと思いますが、圧倒されました。

その後、一九七八、七九年ごろ、再びあすなろとのお付き合いが始まります。生意気に詩を書いていたものですから、もう亡くなった清水節郎という詩の仲間がいて、彼と「ポエム・ボックス」という企画をあすなろでやらせていただいたことがあります。このときは、彼の「パシリ」もしくは「アッシー」という立場でしたから、実際どういう形で交渉し、どう日程を組んだのかということは私はよく知りません。いついつやるから来てね、ということで、当時、志賀さんと初めてお会いして、いろいろお話しをしたわけです。

荒川洋治さんや谷川俊太郎さんとかをお呼びして、イベントを行ったわけですけども、不思議なことにどの程度の情宣をしたかよくわかりませんが、十人、十五人という、小さな、イベントとも言えないような集まりでした。それでも当時は、結構集まったねというような状態だったわけです。そういうなかで崔さんの人となりにも触れることになりました。

まず、今日、お話しするにあたって一番考えたことは、志の問題です。あすなろは非常に高い志で運営されていたと思います。私にそれがあるのか、というと、ないですね、あまり。おそらく、崔さんの志に比べれば。ここでこんなお話しをしていることそのものに、崔さんは怒っているかもしれない、そんなことを感じます。

最初に掲げられた言葉。「郷土を美しい絵と詩と音楽で埋めましょう」。これが崔さんの目標、キャッチフレーズ。それでその通りに活動された。あすなろがこれだけの高い志で二十五年間活動した、それを私は知っています。後期のわずかな間だけですが、それがあって、私が今やっているまほろばにもつながっていく。それは間違いない。

改めて言うのはおこがましいのですが、あすなろで感じたこと、まほろばをつくるにあたってどういうふうにそれを考えたのか、ということをお話しします。

時代的な背景もありますが、八二年にあすなろが閉店しています。私は三十一歳で勤め人でした。この閉店について、上州風の特集のなかで、高崎市民新聞の新井重雄さんという方の文章、「あすなろを閉店させたのはわれわれなんです」という見出しに共感を覚えました。最後のほうで「サロンを必要としない、成立させないような街、時代になった」とおっしゃっています。

まさにあすなろを閉店させたのはわれわれです。そのなかにもちろん私も入っている。八二年にしばらく閉めていて、いつ開けるんだろうという話をしていた。そしてついに閉店、ということになった時、「ちょっと待てよ」と。やっぱり、俺が行かなかったせいじゃないかなという思いがあったわけです。

年齢的なこともありますが、時代全体がものすごい勢いで突っ走り始めてしまった。そのなかでゆったりした時間、喫茶店文化のようなものが取り残されたんじゃないかという気がしています。本来は、そこで語られる時代の最先端の考えとか、そういったものをリードしていくべき場の方が、われわれの暮らしのスピードのなかで取り残された。逆に言えば、われわれは猛烈に忙しくなってしまった。今もそれは続いているんじゃないかと思います。

まず、街でゆったりとコーヒーを飲んでいる時間がない。それに車社会ですから、街では駐車場に車を入れなければならないけれど、コーヒー一杯と駐車場料金がつり合わない。それと、街のなかに人があまり住まなくなったんじゃないかと思っています。

では村がいいか、というとそうじゃないんですが……。一日平均二十人くらい入らないとやっていけないんですが、まほろばが辛うじてやっていけるのは、駐車場料金はかからず、何時間でもとめておける、という利点もあるからじゃないか。

それと、若者風俗の変化が同時に訪れている。十七、八歳のころ、ある種のあこがれと知的な欲求、ポーズを満足させるために、あすなろという高級感ただよう場に出かけていきました。

考えてみますと、当時は道路に車をとめておけた。実際には駐車違反だったんでしょうが、お堀端のどこかに一日置いてもいい場所がいくつかあって、そこに置いてコーヒーを飲んでいた。

あすなろの隣に学陽書房があった。昔の本屋さんはみんなそうで、煥乎堂もそうですが、実にいろんなバリエーションの本が置いてあった。本屋さんにいて、本をながめているだけで、とても充実した時間を過ごせたわけです。煥乎堂の詩のコーナーも実に充実していた。今、たまに本屋に行きますと、それだけ、本当に売れ筋のものだけですね。でもそれは、それだけ、若者の気持ちが変わってきている、文学青年がいなくなってしまった。それは何故なのかわかりません。

時代的なこともありますが、われわれは盛んに議論しました。あすなろではそういう経験はないのですが、いたるところで議論し、議論し合うことで、お互いになにものかを得ようとした。そういう時代だったと思います。

私は子供がいないので、本当のところ今の若者がどういうふうに思っているかわかりません。ただ、見ている限りは自己中心的で、自己中心的というのは、われわれの時代はあまり良いことじゃなかったのですが、今は「ジコチユウ　当たり前」と開き直っている。最初から議論したがらないんじゃないかと思います。喫茶店に若者そのものが来ないものですから、なんとも言えないんですが、喫茶店そのものは、都市部ではおそらく、滞在型じゃなくて、さっと飲んでさっと引き上げる、スタンド型のコーヒー店が主流のように見えます。若者はコンビニで買い物をして、そのまま店の前でダベりながら食べる、というのが風俗になっていると思います。

これは客層にもよりますが、まほろばのお客さんは、私と同じかそれに近い、高年齢の方です。ただ、こういう方々が今、たいへんに自信を失ったり、子育てで悩んだり、いろんなことでよろず相談のような形でやらせていただいています。

あすなろのころは、街自体が広範な集客力をもっていた。高度成長の真っ盛りですから、景気も良かった。知的、文化的欲求も強かった。あすなろは、そういったものをすべて満たしてくれたと思います。

ちょうど私が東京から戻ってきた一九七四年に、崔さんは初めて國井克彦さんの雑誌に詩を発表しているそうです。一九七八年、ポエム・ボックスの当時は、崔さんはそういう話を私らにはしていませんでしたから、志賀郁夫さんという名しか知らなかった。

このころから時代が変わってきた。あすなろを閉店させるような時代風潮になった。忘れられないのは、清水節郎と打ち合わせもしないで、対話形式でイベントをしたことがありました。彼は当時言われていた地方の時代という流れに沿って話をしようとしていました。私は当時、東京から学生生活を終えて戻ってきたんですが、そのとき、地方も中央もないという思いをもっていた。それで意見が食い違って、妙な話になって、数少ない聴衆の方から、お前ら何の話をしているんだと、おしかりを受けた覚えがあります。

そのころから、街と村、中央と地方という関係が微妙に崩れ始めたんじゃないかなと思います。あらゆる面で差がなくなってきている。街に出てこなくても間に合うという状況です。

もうひとつ、経営形態の問題ですが、あすなろの場合は富と繁栄に裏打ちされて、まことに恵まれていた。道楽というか、ただ、そういう人もいなければ困るわけで、またそういう人がいられたのが、そのころまでだったんじゃないかなという気もしています。

まほろばも道楽と言えば道楽ですが、道楽ではつぶれてしまう。一番つらいのは、仲間や友人相手に商売しなければならない。最低限の必要経費は稼ぎ出さなければならないわけですから、そのための最低売り上げの確保というものが必要なわけです。入場料、もしくはお賓銭というような気持ちで、コーヒーを飲んでいただければ、私の心の負担も少しは軽くなるかなと思います。

志について、反省をこめて言ってみたいと思います。お客さんとオーナーの関係ですが、店、場というのはお客さんのものなんですね。こちらがこういうお客を集めようと思っても無理なんです。お客さんはその店の、自分の居場所というものを確保しようとする。箱の持ち主は俺だけど、これを使うのは俺じゃなくてお客さんなんだと、こう考えないとお客さんは来ないし、ひとりよがりのものになってしまうんじゃないか。ただ、せっかく一人でやっているんだから、お客さんに妥協ばかりしていてはつまらないし、ノイローゼになるし、現実に胃潰瘍になりかかったんですが、広く、ごく普通に考えて、お店はお客さんのもので、お客さんがつくっていくものなんだと考えています。

あすなろもそうですが、なくなってから気づく。ああいう場所だったのだと。新井さんの言葉の通り、あすなろをつぶしたのは私たちなんですね。

あすなろは、いろんな人脈、崔さんの個性、国際性を持ち合わせ、行動力ももっていたので、非常にすばらしい活動を展開していたわけです。それが広く文化活動として記憶され、残っている。

ささやかながらまほろばは、今それに似たような場が必要なのか、そうじゃないのか、そういう実験をしていると思っている。そういうふうにお客さんを見ている。逆にお客さんも見ていると思いますが。

崔さんが生きているとしたら、苦虫をかみつぶしているでしょうね、どうもごめんなさい。

（「あすなろ忌」第二号・二〇〇四年四月）

現代詩資料館で句会

月に一度「まほろば句会」をやっている。宗匠は、前橋で「ももちどり句会」を主宰している女性の方で、俳号れんさん。連衆の出入りはあるが、このところ詩人二人、歌人一人、俳人三人という顔ぶれ。毎回兼題を決めて、一人四句を投句。遠方の俳人二人は、欠席投句となるが、れんさんのインターネット掲示板に当日の全ての句を掲載することで、選句、参加するという仕掛けになっている

きっかけは安易なもので、当館で行われた、れんさん達の句会に飛び入り参加させていただいたご縁によるものだ。誘い上手のれんさんに、思わず乗せられた格好だが、たまたまいい点数をいただいて、その気になったというのが偽らざるところである。

詩人の句会と言えば「余白句会」がある。故・辻征夫や清水哲男、昶兄弟、八木忠栄、八木幹夫、中上哲夫ら

が、初代宗匠に小沢信男を戴き出発。現在は、井川博年が代表の任にある。この句会に何度かゲストとして参加したこともあり、私なりに句会の楽しみ方は分かっていた。

下手でもいいから真剣に遊ぶこと。これが彼らから学んだ姿勢だった。元より俳句は素人。歳時記をめくりながら、それらしい句をひねる。現代詩は何の制約もないが、その自由さが同時に困難さでもある。有季定型という、ちょっとしたお約束なども無から出発するよりは楽だ。なによりも句会の楽しみは、作者名を伏せて選句し、それぞれが手厳しく批評しあい、意見が出尽くした後に、やおら作者が名乗りをあげるという遊び方にある。これが現代詩の合評会だと、そうはいかない。重苦しい議論の果てに感情的なしこりを残して袂を分かつという場合もある。思うに現代詩は、誰も書けなかった世界を目指してドン・キホーテの如く挑む宿命を背負っているからであろう。作者名を伏せて批評しあうなどということは危険極まりないことなのだ。

何故か句会では、初参加の人が高得点をいただく傾向がある。いつもの顔ぶれは、互いに作風を見透かされていて、おおよその見当がついてしまうからだ。かくて、次回からは真の実力が問われることになる。何度か句会を重ねるうちに、当然のことながら、ちょっとしたお約束がなかなか難しいことなのだと身に滲みてくる。日本伝統詩の芳醇な言葉の数々を俳人はさらりとお使いになる。ほお、お見事。

海外から見れば、俳句は世界で一番短い詩である。日本の俳句愛好者の数は一千万人とも言われている。これほど詩を愛する国民は珍しいのではあるまいか。さて、わが現代詩である。その成り立ちについては書く余裕がない。現代詩資料館の館長としては、もっと現代詩について語るべきかも知れない。けれども、こうしてコーヒーを啜りながら数万冊の詩集に囲まれての句会である。現代詩ではなく、詩があるだけですよ。「第8回まほろばポエトリーステージ」にお招きしたときの谷川俊太郎さんの言葉だ。最後に一句、ヘボ句を披講するのが筋であろうが、幸いなことに紙数が尽きた。

（「上州文化」110号・二〇〇七年五月）

現代詩資料館「榛名まほろば」の現在

私設の現代詩資料館「榛名まほろば」を開館して、この九月で十八年が過ぎる。ここまでやって来られたのは、様々な思いで来館していただいた、全てのお客様のお陰に尽きる。この場をお借りして、心より感謝申し上げる次第です。

さて、そのうえで、そろそろ営業的配慮に基づく、見栄やハッタリを置いて率直に十八年余の活動について、述べてもいい頃ではないかと思うのである。

「文学的に商売をしてはダメだよ」こう言ったのは、地元の老舗書店の常務取締役だったOさんだ。もう四十年近く前のことである。その忠告を聞き入れたわけではないが、小さな喫茶店を開くことを断念して、以後、三社、二十年間をサラリーマンとして過ごした。

その間、普通の地道な社会人として、詩を書く人でもあるということに、大旨納得していた。しかし、普通であることのなんという難しさ。いつしか、追い込まれるように「現代詩を読みながらコーヒーを飲める店・ｍａｈｏｒｏｂａ」の構想に取り憑かれるようになった。そして、一九九八年九月「現代詩資料館・榛名まほろば」開館。

本誌、二〇一三年十一月号では、当地で伝説的な活動をした、茶房「あすなろ」（詩人・崔華國・経営）と関連させて、それまでの活動を振り返ってみた。丁度、その年に三十一年の時を経て、旧「あすなろ」が、公立高崎経済大学の運営する「ｃａｆｅ・あすなろ」として復活したからだった。

「榛名まほろば」は、先ず現代詩資料館である。現代詩の定義は、私たちの世代にとっては、第二次大戦後の同人誌『荒地』『列島』などの詩人たちが唱道した「歌う詩ではなく、考える詩。愛誦する詩ではなく、黙読する詩」であった。

しかし、百人の詩人がいれば、百の詩論があるというのが現代詩の世界である。それは、伝統詩（短歌、俳句）に非ず、として出発した新体の詩の誇るべき宿命であろう。

常に自由で清新な領域を目指す限り、その意匠は尽きることがない。しかし、どんな新しきモノも、様々なる意匠のひとつである、と喝破した小林秀雄を持ち出すまでもなく、戦後詩の獲得した最大のモノである批評精神も認識批判という意匠によって、相対化されてしまっているのが現状のようである。

戦後詩＝現代詩という、ガラパゴス的認識を云々するつもりはない。現代詩資料館を標榜する館長としては、自らの認識に固執していては現代詩そのものに疎外されかねない。

現代には、何事にも手軽なツールがある。インターネット辞典『ウィキペディア』で「現代詩」の項目を閲覧してみる。

どのような人たちが関わって書かれているのか判らないが、書きかけの項目という免罪符をつけるまでもなく、それ相当の認識の範囲に収まっていることは、へそ曲がりの私にも判る。おそらく、ネット世代の若き天才詩人たちは、これを足がかりに勇躍登場しているものと思われる。

こんなことが書いてある。「私秘性、難解性から現代詩は生命力を失い、各詩人が孤立して先細るというような状態が現れ、それを打破しようと集団的無意識や民族の世界に回帰しようという動き、形式的な伝統詩を復活させようとする動き、インターネットを利用したコラボレーションの動きが見られるが、その行き先は不明である」。

なるほど、現状認識は判るが、それを打破する動きに新味が感じられないのは否めない。何故、相も変わらぬ無意識や民族性や、伝統回帰やコラボなのか。カバーとか、リバイバルとしか思えないモノを新しいとは到底思えない。

ついでに、インターネット疎外者のために引用しておく。「オンライン詩の傾向としては、相対主義や競争否定の考えから、詩に優劣はなく、名人も素人も同等であるという平等主義が強い。一方そのような考えは芸術の堕落であり、より高質な詩を目指して精進すべきだという考えは紙メディアを中心にして、熟練者を中心に根強い」。

当現代詩資料館は、紙メディア中心の熟練詩人たちの「まほろば」でありたいと言うべきだろう。ウィキペディアの記述は「その結果として、詩壇はさらに大衆詩と芸術詩の間の亀裂を深めている」と続く。なるほど、果たしてそうか。

極めつきは、締めくくりの奇妙な『ぽえむ』論である。「ぽえむには大衆性があり現代を覆っている。硬質かつ思考する言葉の表現を目指した現代詩は、1960年代から1970年代の『政治の季節』には論理的な思考力が強みとなって普及したが、現代では逆に論理性が一般の理解が得られないようになった」と。『ぽえむ』こそが時代に適った詩であるというのだろうか。

「榛名まほろば」は、営業店としては飲食店である。慈善事業ではない。零細店ではあるが、日計、月計、年間収支を記帳し、毎年の確定申告も、私一人で開館以来続けている。

従って、リアルな収支ラインは常に把握している。事業として、収益を上げることが目的ではないが、収支ラインはクリアしなければならない。直接的には非営業部門の資料館をそうして支えてきた。もちろん、現代詩資料館というブランドとリンクさせてのことである。

「榛名まほろば」の活動として、日々の喫茶営業の間に様々なイベントを織り込んできた。「まほろばポエトリーステージ」は、一九九九年三月七日、第一回・荒川洋治講演会『言葉の時間』から、この五月七日、近藤洋太講演会『宗左近／辻井喬／粟津則雄』まで、三十回を数えた。その他にも機会に応じてイベントを行ってきたが、楽に集客できたことは一度もない。

「ポエトリーステージ」としているのは、詩のイベントとして巾をもたせているつもりで、様々な試みを受け入れる用意は常にある。しかし、ほとんどの仕掛けは、いつかどこかで誰かに試されていると思った方がよい。朗読会や、流行のコラボレーションということも真新しい手法ではなく、一九六〇年代のハプニングやアングラ運動が含んでいたもので、むしろ暴力性を失っている分、退化してしまったように感じる。

しかし、奇妙に冷めた情熱で朗読会は盛んだ。それも若い世代を中心に、それはあり、の世界になっているようだ。そして、彼らは何故か自分たちの朗読スタイルに自信を持っているのだ。この葛藤のなさは、どこから来るのだろう。

『ARTIFE』（アータイフ）というフリーマガジンがある。成瀬雅俊という若者が、個人で自費制作、群馬県高崎市を中心に無料配布している。企業や商店の広告で経費を賄う商業ベースのフリーマガジンではない。紙、デザイン、ともに立派な40頁の冊子である。その捨て身の特攻精神には恐れ入るが、本人はいたってシャイな人柄である。

その2号でインタビューを受けたのだが、彼の問題意識のなかに、思いがけず共鳴するものがあった。彼は、詩を書いているわけでもなく、前述したような「奇妙に冷めた情熱」を感じさせる、何者かに成ろうとする若者の一人である。

彼は「『何だか日本社会が〝ポエム化〟かしていないか?』そんな疑問、というか気味悪さがここ数年ずっと僕の頭の中にはあります」そこで、詩人の意見を伺いたいということになったらしい。

本文は長いインタビューを編集したもので、どこかで読んでもらうしかないが、私自身は現実と触れ合う形で詩を書いてきたこと、そのためには勉強が必要であること。勉強するためには、必要な関連書物を自由に閲覧できる施設があればいい、と考えたことなどを話した。そのうえで、詩の勉強は必要ない、という風潮が感じられると嘆いてみせた。

すると「僕が考えるポエムというのは、他者・現実との接点を考慮しない=自分だけで完結できるというものなので、ポエマーにとって歴史や経緯を学ぶ必要がない、というのはよく理解できます」と応じてくれた。さらに「勉強するというのは過去との繋がりを知り、意識することでもありますよね。現実はその上で成り立っているので、現実を考える上で過去はどうしても必要なことだと思います」と、嬉しいことを言うのだ。

現代詩資料館は、ポエマーにとって必要ではないことはよく判った。しかし、現代詩という以前に、ポエマーを含む詩というものが、この真昼に現実の建物として立ち尽くしている姿はどうなのだろう。「榛名まほろば」は、そのように世間と触れ合ってきた。

詩というものが、現実の場でどのように必要とされ、あるいは、忌避され、ネグレクトされているか、体感してきた。同時に、詩人の側の様々な反応も体感することになった。

資料館、喫茶の他に出版もやっている。これは正直、苦戦中である。本来は片手間にできる仕事ではないことは承知している。無理はしてこなかったが、それでも少々の疵は負った。必要な仕事だが「榛名まほろば」というリアルな店舗を護ることを優先させたい。

あと七年は続ける。それ以上なら上出来。どうぞ、ご来館を。

（「詩と思想」二〇一六年七月号）

私怨でなく

詩は結局私事に属する。私はいまでも、私の内なる最良の読者に向かって詩を提示しているつもりだ。だが、いつの頃からかその読者がつれない。彼がどれだけ古今東西の詩に精通しているのかは怪しいものなのだが、ほとんど唯一といっていいこの読者に見離されては私としては困る。

私が詩を書かないとき、彼は元気だ。現代詩というマニアックな庭園を散策しながら、一応の鑑賞法を心得ているふりをする。あれはモダニズムの変種、これは近代詩の在来種、まだあったか、根を張りたがるハナモドキ。だが、彼が私につれないように最近の私も彼を信用していない。どうも、彼の視点は図式的に過ぎるし、恣意的に過ぎるようなのだ。おまけに、何が多忙なのか知らないが不勉強もいいところなのではないか。おそらく、戦後詩などという気分が了解事項として押さえられていた頃、袋小路に陥った状況以後の視点が獲得されていないのだ。評価軸が定まらないから私の詩にも誠意を示さないのに違いない。

内なる読者ですがね、久しく実作者としての気概をみせないあんたに、とやかく言われるすじあいはない。だいたい、酒の勢いで私怨を晴らすというのが、あんたの詩法じゃあなかったの。若いうちはいいさ。けれども、人に説教する歳になれば、それなりにふところの広いところがみえなければね。青年としてのあんたの詩なんか、好意的に五年も前に葬られてしまったのではなかったかい。

酒の勢いばかりではないということ位は分かってくれているものだと思っていたが、怨みというのは当たっているかも知れない。別の言い方をしてもいいのだが、あいにくアカデミズムとは無縁だ。私怨を晴らすことが、時代的な何かに連なっていたかもしれないという言い訳もあるし、ヒステリックに言えば詩は私怨そのものだ、と開き直りたい気持ちもあったさ。

やっぱりそうか。だからあんたの詩は、余裕をもって見送られてしまうのさ。つまり、そこが表現として弱いのだし、底が割れてしまえばそれ以上の展開は望めないということさ。さっき不勉強と言われたが、私詩の隆盛が類型化の危険を承知でクリアしたのは、まさにそこだという見当はついているさ。

あいかわらず、意味もない図式のなかで系統樹を描き続けたいようだが、そんなものは実作の役にはたたないし、あんた以外の読者にとっては余計なことに過ぎないさ。そういう囁きこそが、筆を鈍らせる元凶なのだ。

この場合、ア・プリオリなのはあんたの方だから、いいがかりもいいところなのだが、いったい詩という表現がどこであんたの生き方に係わってくるのか伺いたいものだ。

そろそろくる頃だと思っていたよ。逢えばひととおりの話をしてきたあんただ。足が遠くなればひとごとであろうはずもない。おまけに、こっちも構造上消えるしかない仲だから、きちんと話をつけよう。まあ座れ。

私は、感情のかたちとして詩を考えているのだが、それで足れりとしているわけでもない。詩論のことばではなく、たとえば「凄い韻律になればいいのさ」（『黄金詩篇』吉増剛造）「いのちは短い。おまえたちの詩はもっとはかない。」（『太平洋』堀川正美）「われ既に勇気おとろへ／暗澹として長なへに生きるに倦みたり」（『月に吠える』萩原朔太郎）と、いった一節にこころを動かされたことを忘れられないでいる。そして、いつかこれらに比肩する一節を否応なくぶっ放してやりたいと思っている。詩法としてどんな手を使ってでもね。言いたいことなんて、そんなにいくつもあるわけじゃあない。光るってことも当然すぎる批評だったってことさ。

構えさせられたわりには曖昧なポーズとしか聞こえないね。感情のかたちというなら抒情詩のことかね。それなら時代遅れのこっちにだって言い分はある。お互い様は仕方がないが、もう少しマシに振ってくれないと笑われるぜ。いいかね、感情を取り除くことで私詩が新しくみえたのではないかと思うのだよ。不勉強だから、現在はどうか知らないけれど。そのあたりの自覚がないから現代詩以前、と一瞥されることになるんだ。大層なことをいうわりに詩が痩せてみえるんだよ。

歳のせいで自信がないのは承知のはずなのに、ずいぶんな言いようだが、抒情に身を任せて良しとしている訳ではない。酒の勢いもめっきりだから、複雑な手続きを経ているんだ。だいたい、元気な実作者なら何の勢いに寄らずとも書いてしまうものだ。まるで、自分だけが時代の気分を反映しているようにね。

そうスネルなよ。複雑な手続きの責任はこっちにあると言わんばかりだが、こんな辛抱強い読者はいないぜ。長いつきあいの間には、なんとなく疎遠になるときもあるさ。きっといまはそんなときに違いない。多分、あんたは実生活と同じレベルの自家中毒をおこしているんだ。詩を書くのに理由はいらない。実作者なら、それで平然としていられるはずじゃないか。いつだって、ろくでもない実生活にのめり込むしかないのだから、怨み事もそのなかで報われるしかない。私怨につきあうのは、もうつまらなくなったよ。

内なる読者も、私と同じ酒飲みだから、ぐずぐずと尻が重い。彼が帰らないことには、私の仕事は始まらないのだが、彼が現われないことには、もしかしたら永遠に始まらない。悪いことに、孤独な彼は虚弱で、ときに見舞ってやらないことには衰弱していくばかりなのだ。それに、彼の健康と私とのバランスが保たれることは先ず無く、いつも揺れ動いていて、どうやら、それが常態らしい。そんなわけで、私の詩は、私との対話のなかでかたちになり、あるいは、かたちになることを拒まれる。何かに触発されることもないではないが、そういう場合はろくなことにならない。下手な嘘をつくハメになる。

（「詩学」一九九一年九月号）

個人の言葉としての詩

文学は人間にとって基本的に大事なことを教えてくれる「実学」である。と言ったのは荒川洋治である。一昨年九月に行われた「榛名まほろば十周年記念講演会」での発言である。他にも多くの興味深い発言があったので、もう少し紹介してみる。

この三十年間、文学から若者たちがどんどん遠ざかっているという。つまり、本を読まなくなった。その一方で自費出版は盛んである。他人に興味が無いから、他人の書いたものは読まない。しかし、自分は好きだ、自分のことだけは書きたい。比較対象として他人の本を読んでいないから、最初から自信満々である。その結果、過去の文学の蓄積が受け継がれないまま、奇妙な出版ブームが起こっている。これが出版界の現状である。小説は売れるが、詩は売れない。小説は散文の技法によって翻訳可能な言語によって書かれているが、詩は個人の言葉として書かれている。この違いは大きい。そして、総体としての本は益々売れなくなっている、等々。

村上春樹の「1Q84」を読んでみた。話題の小説を読むのは久しぶりのことだった。読み進むうちに小説でありながら詩的イメージが濃密に立ちこめているのに気付いた。そして、次第に小説に詩のエキスを奪われているような焦燥感がやってきた。近年、詩と小説の距離が曖昧になったと言われるが、むしろ、積極的に小説に歩みよろうとしたのは詩の方であった。軽く言えば、いまの現代詩はすっかり散文詩ブームなのだが、さて、小説の方から眺めると、それは一体どんな風に見えているのだろうか。

萩原朔太郎は、創作中の自身を「半ば無意識なる自働器械のやうなもの」と高橋元吉宛の手紙で告白している。これについては、三好達治も『詩の原理』の原理」のなかで、後のシュールレアリスムを半ば先取りしていると認めているものだ。朔太郎の詩に心を奪われて詩を書き始めた私にとっては、知らずにお手本としてきた詩法だけに、遅ればせながらも勇気づけられたのであった。もう一つ、この詩法とも関連しているのだが、三好達治は「志気」という言葉で師である朔太郎の詩を難じている。「自働器械」については、ぶっつけの、無法な切り込みの、支離滅裂な、と断じ、「志気」に至っては無理矢理な一途の誇張、修辞の破綻、無惨な荒廃、詩境のちぐはぐな分裂崩壊として「氷島」を酷評している。志気とは、物事をなそうとする意気。意気ごみ。とある。これを貶められては、いかに寛容な師も不機嫌になろうというもの。三好達治は、よほど上州人気質を理解できなかったのであろう。しかし、時代背景もあってのことだろうが、弟子の言い分の方が巾を利かせているような、その後である。詩は個人の言葉であり、志気なければ何事も打破できるものではない。時代はふたたびそのように動き始めたのかもしれない。

（未発表・二〇一〇年）

現代詩への提言――書かれるべき詩

現在、詩は時代とどう関わっているのだろうか。おそらく、今の時代というものを後世の人が振り返って見たならば、全く馬鹿げた時代として語り継がれていることだろう。あらゆるシステムが破壊され、それぞれが勝手に暴走するのを誰もが手をこまねいて見ている。あるべき世界の姿が、これほど見えにくい時代はないのではないか。

詩を書くということは、あくまで個人の営為だが、その時代の人間全体の表現になっていなければ作品として通用しない。現在、確かに詩は書かれているが、そのように時代と切り結ぶかたちで詩が立ち現れているとは思えない。詩に限らず、文学、哲学、思想全役が指南力を失っているかのようにも見える。いつからこのような事態になったのか。私は貧しい自らの書庫のくらがりに小さな懐中電灯を持って分け入ってみなければならない。

「文学は何ができるか」(サルトル、ボーヴォワール、他・平井啓之訳・河出書房新社)。あやうく妻にゴミとして捨てられるところを救出しておいた書物だ。一九六六年初版とあり、これは一九六九年三版である。忘れもしない。大学の「文学研究会」の最初のテキストなのだ。

本書は、サルトルが「ル・モンド」紙のインタビューに答えて「作家たるものは今日、飢えている二十億の人間の側に立たねばならず、そのためには、文学を一時放棄することも止むを得ない」と語ったことを受けて、一九六四年十二月、フランス共産主義学生連盟の機関誌「クラルテ」の主催で行われた討論会「文学は何ができるか」の邦訳版である。サルトル他五名の左翼系作家が参加している。

この討論会は、パリの学生街の一郭で行われ、聴衆は文字通り会場に溢れんばかりであったという。この年のサルトルは、ノーベル賞の決定を受けながら、これを拒否したことでも話題になっていた。この熱気が、「五月革命」(一九六八年五月)と呼ばれる学生を中心とした広範な反体制運動へと拡大し、フランスのみならず「世界的学生反乱」として、時代の潮流を形成することになる。同時期の日本における全共闘運動もこれに呼応した動きであった。

この時期のサルトルの主張は「アンガージュマン（参加）の文学」ということであった。ベトナム反戦運動を中心に、国家権力の抑圧に反対し、自由と平等と、なによりも古い価値観を打破する運動として、文化運動の側面も持っていた。もちろん、政治的には共産主義革命運動として捉えることもできるが、今となっては、それも運動の一側面であったというしかない。私のことに戻る。

おそらく、各人に割り当てるということで、このテキストの誰かの主張を代弁することになったのだと思う。私は、サルトルとは反対の立場をとるジャン・リカルドゥを割り当てられたか、自ら選んだらしい。つたない書き込みがなつかしい。

リカルドゥは、「文学は何ができるか」と問う前に「つまり文学とは何であるかということについてもはや人々が無知ではなくなって効果を云々する時代がついに到来した」のか、と疑問を投げかける。そして「ヌーヴォ・ロマン」の立場から「本質的なものは言語の外部にはなく、本質的なものとはすなわち言語自体であります。書くとは、彼らにとって、あらかじめ存在する情報を伝えたいという或る何らかの意志ではなくて、特殊な空間として了解された言語を探求する企てなのです。――中略――そして彼らの書くものこそ文学なのです」として、暗に「アンガージュマンの文学」を「伝達の具としての言語」ではないかと批判している。そして、「一方に著作を置き他方に死児を置くこのような比較そのものがわれわれにはきわめて正当なものとは思えないのです」と言う。

さて、ここまでは今となっては格別に注目すべき見解ではないが、改めて読み直してみて驚いたのは、次のような物言いをしている部分だ。ちょっと長いが引用して、次へ進みたいと思う。

われわれが前に示したように、文学は予め存在するような主題を持たぬのであれば、そのとき文学はまた予め決まった読者大衆というものももたぬわけです。それが普遍的であるための文学の在り方なのです。それに加えて、われわれとしては、普遍性と大多数とを、つまり、すべての人間と、たとえそれが何十億に上るとしても低開発国の住民とを、混同するつもりはありません。その上、文学が被搾取者たちにとって近づきやすいものでないことは、私にはまったく結構なこと（そして偶然とは言われぬこと）に思われるのです。――なぜなら、結局、その場合はそれらの人びとに、この近づき難いへだたりそのものによって、低開発国の民である彼らはもはやそのままであってはいけないのだと告げる以外に、文学は何と言えばよいのでしょうか。

私はこの物言いに知識人の傲慢さを感じる。時代の空気はサルトルの方へ圧倒的に傾いていた。およそ文学に限らず芸術を志すものにとって、芸術のための芸術を望まぬ人はいないだろう。しかし、そのことに拘れば拘るほど時代の熱気からは遠ざかってしまう。この物言いには、そうした芸術派の苛立ちが読み取れるように思うからだ。

私はこの頃のことを辻征夫に尋ねたことがある。「学校でいちばん読まれている外国作家といえばサルトルですから、アンガージュマン、社会参加ということでしょうか、そういう時代です。そんなときにぼくは「野の花」なんて詩を書くのですから、なんだいまごろこんなのって槍玉に上がる。理屈はわかるしちょっと勉強すれば議論にもついて行ける。みんなそうやってパッと変わるんですね。みんな変わる。でも、ぼくは詩の書き手だったものだから、鈍重な生き方をね、選んだんです。追いつくことはすぐできるけれど、詩の書き手というのは、溝をね、簡単に飛び越えてはいけないんじゃないか。」（続・辻征夫詩集・現代詩文庫１５５）。

誰でも空気は読む。読めなければ孤立してしまうからだが、そうした態度には未整理な部分がつきまとう。パッとではないが、私も変わらなければならないのだ、と確かに思った。まだ真の孤独に耐えられるほどの知識も根性もなかったのだ。

日本における「学生反乱」は、一九七二年二月の連合赤軍による「あさま山荘事件」を契機に急速に衰退する。重苦しい沈黙を抱えてみんなそれぞれの場所へと帰って行ったのだと思う。ポストモダンの風が吹き始めていたが、それがどのような未来を示そうとしていたのか、まだ不明だった。確かなのは「アンガージュマンの文学」の敗北だった。

ポスト・構造主義のひとつの極を代表するデリダの思想は、極端なかたちでいうと、結局言葉への疑い、言葉によって現実を認識することそれ自体への疑いを極限化する方向へ進んだ。そして、こういった思想の方向は日本の思想的なポスト・モダン状況のひとつの大きな柱となっている。（竹田青嗣「現代思想の冒険」）

さらに、この認識批判の方法は、マルクス主義思想の硬化した決定論や党派的倫理主義の側面を相対化するようなところでリアリティーをもった、と竹田は説いている。にわか勉強は怪我のもとだが、ポストモダン思想の標的がマルクス主義思想であったことは押さえておかねばならない。もう少し竹田の助けを借りる。

マルクス主義が体現したのは青年の「正義」と「道徳」の精神だが、そこには「自我理想」への強い固着があった。そして、ポストモダン思想はこの絶対的な「正義」への固着を、人間の「内的な自由」を脅かす強制、専制と感じ、その規範性をどこまでも相対化しようとする新しい批判精神として登場したと言える。（「創造力の行へ・毎日新聞・2005年10月5日）

これは、あれかこれかと問われれば、あれでもあり、これでもあると答える、あの曖昧さに根拠を与えるものではないか。さらに、「思想が、社会や人間存在について本質的な理論の構築を行うこと自体を、真理主義や普遍主義であるとして放棄してしまった」と説く。まさに、それ故に新たな世界像を描こうとするとき、ポストモダン思想は決定的にその創造力を失ったのだ、と。

これは、思想の問題であると同時に文学の問題でもあると私は読んだ。もはや思想（文学）から社会批判という性格が取り除かれてもかまわないという地点まで知の領域は踏み込んでしまったらしいのだ。「文学はなにができるか」どころではない。すべての価値を相対化してしまったとき、当の思想（文学）に何が残るのだろう。こう思い悩んでいるうちにも、おそろしい早さで現実の諸問題は進行する。詩の話題に転じる。

「現代詩手帖・2007年1月号」に「「新しさ」とは何か」というタイトルで、瀬尾育生と稲川方人の対談が掲載されている。その前半の瀬尾の発言に興味を惹かれた。詩を扱う言論の形がおかしいというものだ。「つまりほとんどの場合、個々の論が定点をもっていない。Aという詩集はこういう論点から語り、Bという詩集はこういう論点から語るというように、つぎつぎに位置が変わって、そこに判断ということがおこらない」。

さらに「これまで稲川さんにしてもぼくにしても、マイナスを覚悟で否定するということをやってきたわけで、何かを否定して何かを肯定するというのは批評にとって最低限の条件だと思ってきた。ある事態を観覧するときにはこれはだめだ、これはいい、という身振りは必ずともなうはずなのに、それが消えている。「ああも言えるし、こうも言える」というところにとどまって、統覚が最終的に放棄されているわけです。これはものすごいニヒリズムだと思う」。

なにやら、ポストモダン思想の現在に似てはいないだろうか。もはや詩は、なにごとも成さないことを恐れる必要はないと思っているのではないか。あらゆる価値は相対的なものであり、そのことによって「内的な自由」は保証されているのだから。

ここで、もうひとつ気になる発言があった。「だがほとんどの詩人たちは自分の「書きたい詩」を書くだけで、いま「書くべき詩」を書く、あるいは構想することはない」（荒川洋治「文芸年鑑・２００６」）。

詩の展望として書かれた文章の中の、この短い一節は鋭い。どんなに相対化してみたところで、過酷な現実を前にして、手をこまねいているだけでよいのか。この時代の詩人たちは何をしていたのか、そう問われる日が必ずやってくる。そう言っているように思える。時代の空気というものは確かにいつでも抗し難くある。その空気を読んだものだけが重用されるのも変わらぬ事実だ。従って、現実に対して思想や文学や哲学が指南力をもつことは当面期待できない。提言などということにはならないが、であるからには、やがて発見されるかもしれない自らの詩が、この時代に「書かれるべき詩」であったかどうかが問われるとき、その視線に恥じない詩を残しておこうではないか。しかし、果たしてここまで自らを追い込んでしまった知の世界が、どんな装いで復活するというのだろう。おそらく、二度と甦るはずのなかった邪悪な知が、もう一度世界を滅ぼそうとするときまで待つしかないのかも知れない。そのとき、滅びこそが創造だという者をこそ、正しく疑ってほしいものだ。

（「詩界」２５１号・二〇〇七年九月）

現代詩の居場所

現代詩資料館「榛名まほろば」の開館は一九九八年の秋だった。詩集は、商業ベースでの出版が難しく、自費出版を中心とした少部数の非流通本が主流だ。それらを一般の読者の目に触れさせるにはどうしたらいいか。小説と同じ文学書でありながら、どこか肩身が狭そうな詩集という書物に、大威張りで居られる場所を与えてやりたい。そんな思いで詩の〈まほろば〉を目指して建設したのだった。そして、はや十二年近い歳月が流れた。

先日、二人の若者が電車とバスを乗り継いでやってきた。お目当ては下村康臣という詩人の資料だった。あらかじめ電話で問い合わせがあったのだが、どのような経緯でこの詩人にたどりついたのか、館長としては興味津々なのだった。下村康臣は、まだ、一部でしか知られていない詩人である。しかし、なぜか、その資料のほとんどは当館に収蔵されているのだった。訪れた二人が感動してくれたのは言うまでもない。

下村康臣は、二〇〇〇年三月、札幌市で病死している。享年五十三歳。独り暮らしの部屋に残された千冊以上の蔵書が、友人だった八木幹夫の仲介で遺族から当館へ寄贈されたのだ。下村は、病魔に侵され、死期を悟ってから『室蘭』『跛行するもの』など、一挙に六冊の詩集を刊行している。若い二人が、この詩人の何に魅了されて来たのかは分からない。大学の文芸部の仲間で、現在はそれぞれ別の仕事に就いているという。あるいは、下村の詩人としての生き方や作品のなかに、自らが直面している課題に通じる何かを見いだしていたのであろうか。

二人の若者を見送りながら、ここにこうして、現代詩の居場所を作っておいてよかった、と思った。「詩は個人の言葉で書かれている」と詩人の荒川洋治が指摘したように、言葉の意味が文字通り伝わる散文と比較すると、詩は時に難解であり、多くの読者を持つことはないかもしれない。だが、必要とする読者に出会いさえずれば、深い影響力を与えることができるのだ。

茨木のり子の詩集『倚りかからず』が、詩集としては異例の売り上げを記録して話題になったのは、一九九九年のこと。残念ながら、それ以後、そのような話は聞かない。そもそも、「個人の言葉」である詩集がベストセラーになることはまずなく、もう三〇年来という若者の文学離れ、書籍離れもあって、総体的な出版不況のなか、書店の詩のコーナーも年々縮小されている、というのが現状のようだ。

詩は万人に伝わる言葉では書かれていない。けれども、たぶん、この世で一番孤独な「こころ」に伝わるように書かれているのだ。あるいは、なにごとかへの本質的な警鐘として。詩は、感性の多様なあり方を教えてくれる、大事な「実学」なのだ。

（「上毛新聞」二〇一〇年三月六日）

解説

魂の再生のドラマ

——富沢智の詩について

中上哲夫

蕩児の帰還。——富沢智、この好青年を蕩児と呼ぶ根拠はほとんど持ち合わせていないのだけど、この詩集の詩篇を読み返すうちにそう呼びたくなった。そして放蕩、五十歩譲って放浪はたぶん青年に必要な世界なのだ。とはいうものの、この蕩児——富沢智をそう呼ぶことにしたのだ——がどういう事情から出郷し、どういう事情で帰郷したのかわたしは一切知らない。この際、それは問題でもない。むしろ、この詩集の詩篇で展開されているのは帰郷後の魂のドラマなのだ。

だが、実をいうと、抒情詩を読みなれた者にとって富沢智の詩は決してわかりやすいとはいえない。抒情詩が専ら感情の真実をストレートに吐露する詩だとすれば、富沢智の詩は自ら語るというよりもむしろ風景画家のように専らタブロオを描く。それも、陰画の風景を。だが、この陰画を焼き付け、ただちに陽画にすればいい、というものでもない。陰画はやはり陰画として読まねばならない。同様に、富沢智の詩句をそのまま現実に還元するのも正しい鑑賞の仕方だとは思えない。

しずかな耳をあつめて
富の分配について捺印を終えよう
わたしにも美酒をよこせと

「猫のいる風景」

たとえば、こういった詩句の背景に現実の遺産相続争いを見ることは可能だろう。だが、この詩行をただちに現実に還元してただ遺産相続争いとしてのみ読むと富沢智が巧妙に仕掛けた罠に落ち込まないともかぎらない。詩人が巧妙であればあるほど、読み手の私達も知恵を働かせて読まねばならぬ。

さて、以上のことを肝に銘じて「間の誕生」から巻末の「犬の日程」までの暗い風景画を見ていくと、富沢智が郷土を——現実を、といいかえてもいいだろう——受容していくジグザグの過程が痛みのように感じられる。そしてまず、帰郷した蕩児が採用したスタイルは死者ないしは異邦人の生き方であった。このことによって郷土が富沢智をどのように歓迎したかが想像できる。痛みがあまりに大きいとき、ひとは情を抒べることはできない。その詩は陰画、暗い風景画になるしかないのだ。そして、そのとき、風景画家の目は一気に死者の目に近づくのである。

別のいいかたをすれば、富沢智の詩は現わすものでなく、隠すものである。隠すことによって現わす詩、なのだ。たぶん、それは富沢智の苦悩の深さが余儀なくとらせた方法なのであろう。そして、そこで思い起こすのが「詩を書くことによって、終局的にかくしぬこうとするもの、それが本当は詩にとって一番大事なものではないか。」(「沈黙するための言語」)という石原吉郎の言葉だ。富沢智も、黙って郷土を受け入れるためにこれらの詩篇を書いたのではないのか?いいかえれば、郷土を富沢智なりに受容するためにこそこれらの詩篇は書かれねばならなかったのではないか? とすると? 蕩児の帰還、というよりは、サンチョ・パンサの帰郷、か?

これを別の観点から見れば、自己愛を克服していく闘いと見ることもできる。他人を受け入れるというのは、自己愛に打ち克つことでもあるのだ。この詩集に収められた詩篇に見られる富沢智の自己愛は充分に魅力ではあるけれども、自己愛を克服しないかぎりひとはひとつの存在となり得ないとすれば、小型の放浪、郷土での日々も苦しい闘いとならざるを得ない。そして、この闘いに富沢智が成功したかどうかはご覧のとおりである。

こう見てくると、この詩集は富沢智という一個の魂の再生をめぐるドラマだということがわかる。そして、そこに読む者の感動もある。

富沢智のスタイルについてもう少しいうと、後半にいくにつれ微妙に変化していることが感得できる。とりわけ、巻末の「犬の日程」では隠す話法が大きく後退し、ほとんど情を抒べるスタイルに近づいている。ひとつの闘いが終り、富沢智にも新しい季節がめぐってきたのだ。だがいまは当てにならぬ予報官めいた言辞はやめにして、富沢智の暗い風景に目を向けることにしたい。

（『猫のいる風景』跋文）

魂の苦しみが伝わる
――『酒場のももんがあ』評

高橋秀一郎

私はいつだったか、「詩学」の誌上で富沢を現在群馬で最も興味ぶかく、さっそうとしている紹介したことがある。それは彼が出している個人詩誌「水の呪文」を読んでの私の感想でもあったのだが、本誌集に収録されているのはその「水の呪文」に発表した作品が中心になっている。〝さっそう〟などという言葉で決めてしまうほど富沢の詩の世界は単純でも軽くもないというのが本当だが、本詩集の詩は、まことにのびやかである。のびやかであるがゆえに、表出されている詩人の言葉のリズムの彼方に、バイブレーションするように詩人の現実の中で生きる魂の苦しみが伝わってくるように思えてならない。

富沢は、詩集の「あとがき」でこう綴っている。「まと

めてみると酔ってやたらに同じような場所をめぐってい
ただけだったのかもしれない。予定より長い青春がつづ
いている」と。魂の青春は長くつづいた方が良い。現在
の若ものの青春はあまりにも早く老いすぎている。

本詩集の詩篇は、前詩集「猫のいる風景」（一九七九年刊）から見ればだいぶ変わっている。しかし、富沢の現実の中で生きる苦しみはほとんどかわっていないし、一見のびのびとした詩を書きはじめてからの方がいっそう心の苦さを底に沈めはじめたようである。それゆえにのびやかな詩が感動を呼ぶのである。前詩集の作品群は、もっと暗く、重く、孤絶した抒情があり、闇の底で耐える姿勢がその詩を感動的なものとしていた。いってみれば、前詩集は処女詩集にふさわしく、「負債のようにつきあってきたものを確認したかった。一応、肌は晒したなという解放感がある」（「あとがき」より）と述べるように、苦しい魂の闘いをまことにオーソドックスな手法で表出している。世評的には、本詩集より前詩集の方が正統的に評価されるべきかもしれない。しかし、本詩集もまたそれを超えようとする詩人の力業的な営為として評価されてしかるべきなのは当然である。

（一九八三年、二月一日・上毛新聞）

強烈な意志を沈める
——『雨の時計屋』評

中島治之

「純」文学が減圧している現在、詩も同様に希薄になっている。今、詩が成立するためには詩人にとって詩のドグマの無自覚な継続か、あるいは詩から詩人に逆流するように、錐をもむように解体の蟻地獄にいて砂の斜面に詩を書きつづけるか、いずれかである。富沢の砂の個人詩誌「水の呪文」の存在は富沢の詩に対する考え方だけでなく、群馬の詩の状況を十分に語ってくれる。群馬というセクショナリズムののんきさと無知さかげんは後述するとしても、同人誌という場を捨て去った富沢に対していろいろな思いを抱く。「アトの人生は附録だから……」と富沢が言ったわけではないが、「附録」にこめられた意味は「諦念」と「過去に対する自負」と「生のキワドサ」と「手形をおとせないでいる無念さ」等々であるだろう。「附録」については勝手な思いこみであるが、富沢の詩篇に漂う虚無のためであろうか。反面、ムルソーの願望も酔いのドアが開かれるとドス黒く流れているのだ、きっと。

おれはあいまいに踊る
予感だけがひどく尖って
空は逃げてゆく手のようだ

（「地獄の扉」）

「また静かに病んでゆくのだ」という富沢は火のような意志を静かに沈めてゆきながら自身に澱んでいる詩を過去と未来に同圧の思想を課しているに違いない。金太郎飴のような構造を持っているのだが、割って口のなかにほうり込むとフレーズは口あたりが良い。しかし富沢金太郎の断面だけの相貌はほんの一部分でしかない。富沢はしなやかなフレーズの結び目をつくりながら、とんでもない仕掛けを作っているのではないか思うことがある。しかし第一詩集の「猫のいる風景」の無防備な詩篇をキイワードにして生活と地名に騙されないようにし、第二詩集の「酒場のももんがあ」で富沢が一挙に第一詩集を収奪し、方法論の展開を力業でやってのけたのを知った。

　第一詩集の跋文で中上哲夫は富沢を「蕩児の帰還」「異邦人」と述べ、石原吉郎のアナロジーを見出している。石原からわれわれが受け取ったものは「絶望の向こう側にさらに絶望が見えてくる」といったことであり、「すなわち最も良き人々は帰ってこなかった」という痛みであった。自覚したイワン・デニソビッチの帰還の沈黙から失語、失語から発語に至る壮絶な孤闘を知っている。しかし、石原の人間としての絶対値としての「甘さ」が回路となってわれわれと結びつくことが可能となったのだ。中上が石原を引用して「かくす」ことの意味で富沢を引き寄せているが、石原にとってラーゲリのイワンのなかに自身の原像があることは自明である。中上の短絡的な思いつきにはあきれるばかりだ。

　どのみち富沢はこの新詩集によってさらに評価が高まるに違いない。しかし、生活と詩の往還によって成立する富沢の詩は「詩の世界」のなかだけで同義反復を繰り返す危険がある。つまり、表現総体の同時代性のなかに詩を位置づけなければ現在につながりえないのだと思う。群馬にいて富沢智だけが群馬をなして遊んでいる連中と大きく隔たっているただひとりの詩人であるように思われる。

（一九八六年九月十五日・上毛新聞）

羊雲を眺めているような孤独

辻　征夫

富沢さん、ぼくの好みというのが、これがあてにならないのだが、「ぼくたちの時代ということが／山脈の向こうを越えていきそうで／すこし悲しい」なんていいなあ。この詩集一巻の悲しみは、この「すこし悲しい」の一行で充分です。

あそこにあるのはびしょぬれの時間で
本当のことを言えば
あの日に帰りたいなんて思わない

そうだよねえ。でもちょっぴりは帰りたいか。あの「むこうみずで不敵な街角」「あばよと言って別れた池袋駅北口」「ぼくはおぼえていることを／センチメンタルに伝えたいわけじゃあない」。伝えたいわけじゃあないけれど、ときどき詩を書いて、そしてもっと多くの時間、奇妙な中年のこころをもてあましている。

でもね、富沢さん、ぼくたちが生きているこの日常は、詩の方から見れば助走なんだとぼくは思いますよ。想像力を、高く高く飛翔させるための助走。「私という地獄は／例外なく滑稽なのだ」といみじくもあなたは書いているけれど、詩の書き手なのだもの、ぼくたちの内面が滑稽な地獄なのはあたりまえのこと——、なんて言いながらぼくは、もう駄目だ何処かへ行ってしまいたいなんてしょっちゅう思っているのだけれど。

子曰く、詩三百（『詩経』三百篇のこと）一言以てこれを蔽えば、曰く思い邪ま無し。富沢さんはこれらの作品をぼくに見せる前にこの文章をぼくに依頼し、それは随分乱暴なことと思ったけれど、作品を見ないで書くよと返事をするのは、ちっとも乱暴なこととは思いませんでした。その理由は、ただ一度お会いしたときの印象「思い邪ま無し」ということに尽きます。中国古代の文芸評論集『文心雕龍』の第六章、明詩（詩の解明）で知った言葉ですが、詩の根底はやはりこれです。

（『藁の戦車』栞文）

「感情」のゆくえ
──『乳茸狩り』書評

吉田文憲

この詩集のどこに自分の姿が立っていてもおかしくない、と思った。

二十二歳のぼくは
南口改札を出たところでバイト先の車を待っている
だろう

（「新宿駅新南口」）

たとえばこの詩が書かれているのは、「二十二歳のぼく」ではなく、それから三十年も四十年もの時間が経過した、自分の人生がそれなりの「かたち」を描いた時点で書かれている。「ぼく」は、三十年ぶりか四十年ぶりにだれかの出版記念会かなにかの「祝賀会」があって、駅のテラスでコーヒーをすっているのかもしれない。そのとき少し雨が降っていた。傘を持っていなかったので、雨宿りのつもりで駅の、道路に面したフルーツパーラーのようなガラス張りのテラスで小休憩ということになったのかもしれない。

　　二時間
　そうしてコーヒーと煙草をした

　駅は人の離合集散の場所だ。それぞれの人生を生きる見知らぬいろんな人がやってきては立ち去ってゆく。それをぼんやり眺めやっているうちに「祝賀会の時間が迫ってきたが」、「いいんだ／ここまで来ているだけで／出席したのと同じだと思うから／このまま別のところへ行ってしまっても」と「ぼく」は思ったりする。そうして、次に、

　もう何人も立ち去った

という、独立した一行が呟かれる。

「別のところへ行ってしまっても」には、かすかにだが、ここから「別のところへ行」く人生の可能性もあったかもしれないという呟きも聞こえる。「ぼく」がいまいるのは甲州街道の向こうに高島屋ができたり、新しく開発された「新南口」のテラスである。だが「二十二歳のぼく」は新宿ではもっとも開発の遅れた、まだ場末の面影の残る「旧南口」にいる。すなわち「ぼく」を通して詩人の目は新旧二つの時間を見つめているのだ。その間に三十年か四十年の時間が流れた。そこに自分が不在だった時間に、友人知己の何人もが立ち去っていった。

　そういう深い感慨を抱きしめて、詩人は、この詩の末尾に、

二十二歳のぼくは
南口改札を出たところでバイト先の車を待っている

だろう

と書くのだ。

この未来形はもう取り返しようのない未来形である。既に終わってしまった未来形というものがあるのだ。けれど詩人は「いいんだ／ここまで来ているだけで」と、「居心地が悪そうに」にもみえる「ここにいること」を「この場所」を「無表情を装って」肯定する。この肯定力。これが、富沢智の詩の魅力であり、強さだろう。この「無表情を装っ」た、ときにしたたかでもある生の肯定の場所には、なにがあるのか。なにが見えるのか。たとえば、その対極に、

世界はただ黙って草木をゆさぶっていた
（「迎春」）

という一行を置いてもいいだろうか。あるいは、

ふふふ
家族の決定が政治なんだな
目の前の大切な人が望むことを
覆してまでやり遂げねばならぬことが
本当にあるのだろうか
（「感受性の扉の開け閉めについて」）

というような一見コミカルでかつほほえましい重量感のある詩句を置いてもいい。この両極の二つの場所が、富沢詩の原理なのだ。それを、こういう言い方をしてもいいかもしれない。大腸ポリイプの切除をしたあと、

ワタシということにはなにほどの意味も無いのだと
分かったのだ
（「ワタシハ」）

と書きながら、だからこそ、というべきだろうか、詩人は、さらにつづけて、

のだろう。

（「榛名団」12号二〇一四年）

非常に痛切に
感情というものが遠い窓の向こうに見えていた

と書く。ここではあたかも人の体から「感情というもの」が切除されているのだ。あるいは「感情を切除する」ことによって辛うじて耐えることのできる場所のあることが示唆されているのだ。

彼にとっての「詩」は「非常に痛切に／遠い窓の向こうに見えてい」る、この「感情というもの」に与えられた名前なのではなかろうか。「感情」とは、容易に定義しがたい他者意識において発生するものだ。それは「詩」においてはじめて「遠い窓のむこうに」「非常に痛切に」生きられてある「そのもの」との共感覚なのである。

同世代だからでもあろうか、富沢智の描き出す詩の場面に、さまざまにありえたかもしれないかつての自分の似姿を見いだした。それもまた「詩」を読むことによって呼び起こされた「遠い窓」のある種の共感、共感覚な

女々しい詩、マッチョな詩
——富沢智の前半期の詩集を中心に

川岸則夫

富沢の詩には、マッチョイズムと見紛う程の過剰な男性性がある。特に前半期の詩集にその傾向は著しい。そのことが、柔和な抒情詩やちょっとしたウィットで日常のほのぼのした光景を描いた作品や、老いの嘆きを哀感交えてしみじみと唱い上げた詩などを読み慣れた者を少しく戸惑わせ、一部の詩の読み手を敬遠させる要素となるかもしれない。

詩のそこここに見られる肉体労働者風、はぐれ者風要素、わざとのように書き込まれる下品さ、男女の肉体や性にまつわるアケスケな物言い、などなど。このような詩に、直感的に二度と触れたくない生理的な猥雑さを嗅ぎ当ててしまう読者もきっといることだろう。

富沢の詩のこの過剰さはどこからやってくるのだろうか。彼の元々の肉体の性行なのだろうか。もちろん肉体と表現とは違う。両者の間には、越えなくてはならない乖離がある。

肉体がそのような性行を持つにしても、その表現はきわめて方法的なものではないだろうか。しかし少なくともここで言えることは、その過剰さの故に、富沢の詩表現そのものが一方的な男性性を発散するだけの一人よがりなものになっている、ということでは決してない、ということだ。

読者を無視した独善的な表現にならないための様々な工夫、仕掛けが富沢の詩には施されている。例えば詩行の中で、観念（抽象表現）と具体（肉体表現）がめまぐるしく位置換えをする。或いは観念語から具体語への急激な移行がある。作品自体の客観化、自己対象化のために富沢は周到な方法を準備する。

例えば、詩の中の自分を分裂させ、対象化させるやり方だ。ドッペルゲンガーとも言えない程のささやかで曖味なものであるが、詩の中の一人がもう一人の自己を見る、というものだ。

氷雨が降っていて
水煙をあげてクルマがすぎる
歩いているのは誰だ
わたしは
窓辺でコーヒーをすすり
街路樹の下に男をみている

雨の中を酔いどれて
まださまようのか
かけあがれ
ランプがゆれるドアの向こうへ
もうわからなくてよいのだ
降りしきる雨のコーラスなど

びしょぬれでやってこい

青い血は流れちゃいない
抱いているぬくみがおまえだ

なまぬるい会話にうもれて
わたしは空をみている
ぬぐってやる手は汚れているし
いつだって外は雨降りだ

（「雨の物語」全行）
『猫のいる風景』

読者の想像に全てを委ねるようなこの不思議な詩の中で、「街路樹の下」の「男」がもう一人の自己ではない、とするどんな理由も見当たらない。このハードボイルドタッチの詩行には、分裂する自己、忌避するもう一人の自己、しかし、最終的には、異和を残しながらも和解せざるを得ない自己が扱われている、ということになる。「もうわからなくてよい」、とり合えず身一つで「びしょぬれでやってこい」というもう一人の自己に対する優しい呼びかけは「酔いどれて」「まださまようのか」と一旦突き離した自己に対する精一杯の妥協だ。「抱いているぬくみがおまえだ」いい男のいささかコソバユイこのセリフも「ぬぐってやる手は汚れている」という詩行によって留保が付けられる。自己との和解は傍で見る程、そんなに簡単には成り立たないのだ。

「いつだって外は雨降りだ」ロマンチシズムとしてもとらえられかねない書割りの雨はどちらの自己にも与しない作者の微妙な心の揺れを表している。「雨降り」をそのまま暗い心象ととるか、レインコートが良く似合う伊達男のダンディズムととるかで内容も少しく変わってこよう。しかし、作者の主人公と男を等分に見つめる眼は変わらない。このことが作品の客観性をかろうじて支えているのだ。

己の肉体に依拠する富沢の男性性は又、執拗に観念を拒もうとする。しかし、観念（思想）は通常すでに人の生活の一部として血肉化されているので、誰もそれらが自分の中に紛れ込むのを拒むことはできない。なので、観念（思想）の詩行の後に、それとははるかな断絶のある現実（と見なされる詩句）を置くことで、その桎梏から逃れようとする。

たちつくす兵　戦わずにたおれて
ソビエトのエキストラは家路についた
酒について語ろう　うらぎりの
うつくしい精算をかけて
ママの右手がすばやくキーをたたく

（「クラインの瓶と酒の関係」部分）
詩集『酒場のももんがあ』より

「たちつくす兵」は次行ですぐに「エキストラ」と説明されるし、「うらぎりの」「うつくしい精算」は、ご丁寧にも「すばやくキーをたたく」「ママ」によっていやでもリアリズムの現実に引き戻される。

けだるい午前

神話時代の労働から遠く
ただちに異形である憂いに沈む
具体的には爪を切る

（「階級の午前」部分）

詩集『影あそび』より

「神話時代の労働」「異形である憂い」などの大仰な言葉のすぐ後で、「具体的には爪を切る」ときてはここで笑うな、という方が無理である。だが富沢はここで一旦卑近な日常に落としておいて、更に続けるのだ。

うすべに色の感受性が
ちいさな叫びをあげて飛び散る
シュプレヒコールであったもの
それらをうつむいて切りそろえる

観念＝思想が再度優位に立とうとするが（この四行は、爪という小道具を使った鮮やかなイメージ造形が誠に見事だと感心するのは、私だけではあるまい）、この直後の行で「おとなしい午前のたしなみがある」と又、いつもの日常に戻る、ことになる。

観念⟷日常のいつまでも終わらないこの繰り返し。これらの詩句の対立・対置において、一体作者はどちらの側につこうとするのだろうか。

同じマッチョ（男性性）感溢れる谷川雁が例えば『大地の商人』を全篇隠喩で覆い尽くしたのに比べて、富沢は自ら紡ぎ出す隠喩や観念の網目に卑近な現実を覗かせる。それも卑近なという位ではとても足りない程の思い切り俗悪で不潔でみだらな現実を、だ。それは崇高な信念をそのままでは信ぜず、カッコイイ比喩をもテレずに使うのを潔ぎ良しとしない富沢の持って生まれた資質によるのかも知れない。或いは単に新奇な喩を作り出す困難さに作者が直面しただけなのかもしれない。

谷川雁は詩一面ギッシリ暗喩で武装して、なまじっかの読者を拒み続ける。同様に、富沢はその詩表現のギクシャクさ、アンバランスさであえて一部の詩の読み手を拒むのである。しかし、両者共、その詩がなかなか一筋縄ではいかない筋金入りのマッチョな魅力を備えていることも、又確かなのだ。

　後半期の富沢の詩は、このような男性性の魅力を充分残したまま、適度のユーモアやサタイアがメリハリの効いた詩行を形作ってゆく。肩の力も程良く抜けた後半期のとば口に立つ詩は次のようなものだ。

いつのまにかオジサンになっていた
二十歳をもてあましていたのだ
つい先だってまで
（中略）
呼んでくれるな犬よ
ボクも誰かの犬で
最近はご主人様の顔色が気にかかる
ボクは体制そのもの
秘密の宴に招かれて
静かに盃を傾けてきたという次第

（「四〇代の習作」部分）
『藁の戦車』より

　詩句はこなれ、軽やかになってゆく。修辞に無理がない。膂力で強引に詩を、読者をねじ伏せるマッチョ感が薄まっている。それでいてさりげない皮肉（批評）も良く利いている。

　年を重ねての程良い男性ホルモンの減少（？）や、より多くの他への目配りの必要性が、ひたすら突っ走ってきた富沢の身体と心に、さりげなくブレーキを利かせるようになったのかもしれない。急ブレーキではなく、ゆるやかにステップを踏むようなブレーキの利かせ方を、富沢はいつの間にか身に付けたのかも知れない。

　マッチョイズムのなれの果ても、それ程悪いものではない。何しろ若い時、精一杯己れに抗がい、己れを取り巻くすべてのものに抗がい、そして何かを得、だが真に求めたものは殆ど何ものも得なかった。しかし、自己の内部に留保しつづけてきたものは確実にある。

容易には多数に与しないということもその一つだ。多数というのは何者が作り出した多数なのか。正義とはどのセクトの正義なのか。それなら、とり合えず異和の声を唱えてみる。若い時のように、大きな声を上げることは、固くなった声帯がもはや許そうとしないけれども。

女性客がいれば
いずれも大騒ぎになる
小さな生命の発見というわけだ
かわいそうだから
なんとかしろと言うのだ
（中略）
私は掃除機で
それらを丁寧に吸い込む
朝の仕事として

（「その弐」部分）

『乳茸狩り』より

富沢は詩人としていい年の取り方をしてきたと思う。いささか過剰な肉体と少しく過剰な観念（思想）の抗がいを通じて、そのどちらが決定的な優位に立つこともなく、又立たせることもなくして、富沢の詩は持続してきた。リーダビリティは確実に後半期の詩の方が良いが、生硬な荒々しさが残る前半期の詩も捨てがたい。昨今の女々しい詩が目立つ中で、富沢のマッチョ性はとりわけ光っているからだ。いずれにしても富沢は、無傷とは言えないかもしれないが、はるばるとこの地点までやってきた。後半期の詩を改めて詳述する機会も又あるだろうが、とり合えずここでは、同臭の徒と私が感じる、先に挙げた高名な詩人の詩句、

ぎなのこるがふのよかと
（残った奴あ　よっぽど運のいい奴だんべ）

を、まほろば開館20周年に捧げよう。富沢の日々の努力と精進を大いに認めるのに、もちろんいささかもやぶさかではないのだが。

（「水の呪文」52号二〇一八年）

富沢　智詩集　　　現代詩人文庫第19回配本

2021年6月6日　初版発行

著　者　　富沢　智
発行者　　田村雅之
発行所　　砂子屋書房
〒101-0047　東京都千代田区内神田3-4-7
電話　03－3256－4708
Fax　03－3256－4707
振替　00130－2－97631
http://www.sunagoya.com

装幀・倉本　修　　　落丁本・乱丁本はお取替いたします

現代詩人文庫

（　）は解説文の筆者

①高階杞一詩集（藤富保男・山田兼士）
『さよなら』（全篇）『キリンの洗濯』（抄）他

②滝本明詩集（小川和佑・清水昶）
『たきもとめいの伝説』（全篇）

③岡田哲也詩集（佐々木幹郎・立松和平）
『白南風』（抄）『未完詩篇』他

④藤吉秀彦詩集（北川透・角谷道仁）
『にっぽん子守歌』（抄）『やさぐれ』（抄）

⑤伊藤聚詩集（三木卓・ねじめ正一）
『羽根の上を歩く』（全篇）

⑥永島卓詩集（北川透・新井豊美）
『暴徒甘受』（全篇）

⑦原子朗詩集（野中涼）
『石の賦』（全篇）他

⑧千早耿一郎詩集（金子兜太・暮尾淳）
『長江』『風の墓標』他

⑨原田道子詩集（木島始・森常治）
『うふじゅふ　ゆらぎのbeing』（全篇）他

⑩坂上清詩集（暮尾淳・渋谷直人）
『木精の道』『丘陵の道』（全篇）他

⑪八重洋一郎詩集（山田兼士・大城立裕）
『夕方村』『トポロジィー』（全篇）他

⑫田村雅之詩集（郷原宏・吉増剛造）
『鬼の耳』（全篇）『デジャビュ』（抄）他

⑬嶋博美詩集（中村不二夫・萩原朋子）
『芋焼酎を売る母』『父の国 母の国』（全篇）他

⑭神尾和寿詩集（高階杞一・鈴木東海子）
『水銀109』『七福神通り―歴史上の人物―』（全篇）他

⑮菊田守詩集（新川和江・伊藤桂一）
『一本のつゆくさ』『天の虫』『カフカの食事』（抄）他

⑯清水茂詩集（権宅明）
『光と風のうた』『影の夢』『冬の霧』（抄）他

⑰愛敬浩一詩集（岩木誠一郎・冨上芳秀）
『赤城のすそ野で、相沢忠洋はそれを発見する』（完本）、
『長征』『危草』（抄）他

⑱伊藤芳博詩集（日原正彦・苗村吉昭）
『どこまで行ったら嘘は嘘？』『いのち／こばと』（抄）他